# Vie de Jésus

DANS LA SÉRIE *SPIRITUALITÉ* EN LIBRIO

*La Genèse*, Librio n° 90

*Le Coran*, Librio n° 590

*Vie du Bouddha*, Librio n° 614

Yveline BRIÈRE, *Le livre de la sagesse,* Librio n° 327 ; *Le livre de la méditation,* Librio n° 411 ; *Le livre de la paix intérieure,* Librio n° 505

Henri BRUNEL, *Contes zen,* Librio n° 503 ; *Nouveaux contes zen,* Librio n° 579 ; *La relaxation pour tous,* Librio n° 561 ; *Dieu en poche,* Librio n° 627

Arnaud DESJARDINS, *Premiers pas vers la sagesse,* Librio n° 661

Jean ÉRACLE, *Enseignements du Bouddha,* Librio n° 667

Khalil GIBRAN, *Le Prophète,* Librio n° 185

Catherine MAILLARD et Éric BONY, *Le rêve,* Librio n° 568

SAINT JEAN, *L'Apocalypse,* Librio n° 329

SAINT LUC, *Évangile,* Librio n° 566

VÂTSYÂYANA, *Kâma Sûtra*, Librio n° 152

Jacques de VORAGINE, *La légende dorée – Vie des douze apôtres,* Librio n° 668

# Vie de Jésus

Extraits des quatre Évangiles
choisis et présentés par François Bonfils

Librio

# INTRODUCTION

L'intérêt d'une *Vie de Jésus* n'est pas d'abord d'ordre historique, mais d'ordre spirituel : si l'on cherche à connaître celui qui se présente comme le Fils de l'homme, c'est parce qu'il se dit aussi le Fils de Dieu, et qu'il donne leur raison de vivre, parfois jusqu'au martyre, à d'innombrables chrétiens au fil des siècles et à plus d'un milliard d'hommes encore aujourd'hui. Dans le concert des religions, la spécificité du christianisme réside probablement dans cette primauté accordée au fondateur : Jésus est la véritable clef de voûte de tout l'être, à la fois révélateur et objet qu'il révèle, Fils de Dieu et Dieu lui-même. À l'inverse, aucune religion animiste, aucune religion à panthéon (de l'Antiquité gréco-romaine à l'hindouisme, en passant par l'ensemble des religions de l'Amérique préhispanique), ni même certains monothéismes (comme le judaïsme) n'ont de fondateur, et quand il existe, il se distingue nettement du dieu qu'il révèle : Bouddha n'est que le premier illuminé d'une longue série de sages (même si certaines branches du bouddhisme le divinisent ultérieurement), Mahomet n'est que le prophète d'Allah.

Le christianisme a donc cette particularité que tout son édifice conceptuel est bâti d'abord essentiellement sur l'existence concrète d'un homme, sur la « vie de Jésus », ensuite seulement sur un ensemble de croyances et de rites à pratiquer. C'est le témoignage des premiers disciples qui véhicule cette expérience fondamentale selon laquelle la religion chrétienne est une reconnaissance de la « vie de Jésus » : jusqu'à leur mort par le martyre, les apôtres maintiennent qu'ils ont vu Jésus revenu à la vie après sa crucifixion. Cette vision les a profondément bouleversés : leur témoignage est d'autant plus fort que tous, ils ont d'abord fait preuve de lâcheté en abandonnant Jésus avant sa mort sur la croix. La Bible reconnaît elle-même la prééminence de la Résurrection, dans la *Première épître aux Corinthiens* où saint Paul, apôtre de Jésus, n'hésite pas à écrire : « si le Christ n'est pas ressuscité, votre foi est illusoire » (1Co 15, 17). Avoir la foi, pour un chrétien, c'est donc avant tout reconnaître que si ces premiers disciples sont morts, c'est pour rendre témoignage à la vérité : « Jésus a été mis à mort. Dieu l'a ressuscité, pour le pardon des péchés et le salut des hommes. Nous en sommes témoins » (Ac 2, 22-38), tel est le *kérygme,* le cri de la proclamation première de la foi chrétienne. La « vie de Jésus » rend compte de l'intervention de l'éternité dans l'histoire, de l'Incarnation à la Résurrection ; il est « l'alpha et l'oméga » (Ap 1, 8) de l'univers.

## De l'histoire à la religion : naissance d'un mythe

La « vie de Jésus » peut se résumer aisément. Il est né en Palestine, à Bethléem, sous occupation romaine, entre l'an 7 et l'an 1 avant J.-C., d'une jeune femme nommée Marie. On ne sait rien de ses trente premières années, sinon qu'il se rend à Jérusalem à l'âge de douze ans. Il commence sa prédication publique vers l'âge de trente ans, d'abord dans l'entourage de Jean-Baptiste, son cousin, avant d'aller prêcher seul en Galilée, dans le nord du pays, où des disciples commencent à le rejoindre. Son enseignement, enraciné dans la tradition juive, est marqué d'une autorité particulière. Il ne commente pas les Écritures et les articles de la Loi suivant l'exemple des rabbins, mais comme un prophète de Dieu, qu'il appelle son Père, et dont il dit que le Royaume est tout proche et qu'il faut se préparer à l'accueillir. Son enseignement est accessible au peuple, par l'utilisation d'un langage clair et le recours à des images simples, les paraboles. Ses paroles et les guérisons miraculeuses qu'il effectue lui valent très rapidement une vénération populaire, mais également l'hostilité des docteurs de la Loi qui le considèrent comme un fauteur de troubles et cherchent à le prendre en faute. Quelques mois plus tard, Jésus monte à Jérusalem où il enseigne dans le Temple. Entouré de ses disciples pour célébrer la Pâque, il leur transmet l'eucharistie pour qu'ils commémorent et perpétuent son futur sacrifice. Arrêté de nuit, abandonné par ses disciples, il est conduit devant le sanhédrin réuni à la hâte, puis chez le procurateur romain, Ponce Pilate. Il est alors accusé de s'être proclamé « roi des Juifs » et de menacer l'ordre public, et condamné à être crucifié. Il meurt sur la croix, la veille de la Pâque, vers l'an 30. Très rapidement, ses disciples témoignent qu'il est ressuscité.

Pour évoquer la « vie de Jésus » telle qu'elle vient d'être rappelée, on oppose communément, selon la perspective choisie, le « Jésus de l'histoire » au « Christ de la foi ». Quand elles ne sont pas publiées à des fins édifiantes par des croyants, les tentatives de biographies de Jésus élaborées à partir de ces données fondamentales sont en effet le plus souvent marquées par une tradition néopositiviste souvent antichrétienne, remontant aux œuvres importantes que sont les célèbres *Vie de Jésus* de Frédéric Strauss en Allemagne (1835) et d'Ernest Renan en France (1863). Dans le cadre de cette introduction, il ne nous appartient pas de résoudre les contradictions qui peuvent exister entre la foi et l'histoire. Nous renvoyons aux ouvrages d'exégèse, la science des textes bibliques, pour étudier le « Christ de la foi » face au « Jésus de l'histoire ».

Notre *Vie de Jésus* n'est en effet ni une biographie aux ambitions historiques, ni la restitution fidèle d'un texte religieux vénérable ; elle se place délibérément à côté de la dichotomie entre l'histoire et la foi, afin de considérer le seul « fait religieux ». Pour connaître Jésus, il convient donc de s'intéresser d'abord à ce que ses fidèles disent de lui. C'est en découvrant celui que certains considèrent comme Dieu que l'on cernera le mieux l'homme. On ne s'étonnera pas, par conséquent, de trouver dans cette *Vie de Jésus* non confessionnelle le récit de certains de ses miracles, des guérisons de malades, des exorcismes ou des résurrections de morts. On aurait pu les supprimer dans le souci d'une objectivité où le merveilleux n'a pas sa place, mais c'eût été modifier l'identité de Jésus thaumaturge, fondamentale pour les croyants depuis les origines, il y a plus de deux mille ans, jusqu'à nos jours.

Jésus est probablement le personnage historique dont l'influence sur l'Histoire de l'humanité a été la plus grande, malgré la brièveté de sa vie (environ trente-trois ans) et de sa prédication (à peine deux ans). Les non-chrétiens et même les adversaires du christianisme reconnaissent en lui une personnalité exceptionnelle. Chacun interprète son œuvre et son message en fonction de ses propres options. En effet, la diversité des regards sur Jésus est extrême : il est tantôt perçu comme un moraliste, un maître à penser, un poète, un idéaliste, un révolutionnaire, un usurpateur, Dieu. Depuis longtemps, le personnage historique a cédé la place au mythe et à ses variations constantes. Afin de mieux comprendre le sens de ce mythe, il faut revenir au point de départ de sa constitution : Jésus n'ayant laissé aucun écrit, sinon quelques signes sur le sable de la plage qui se sont vite effacés (Jn 8, 6-8), les Évangiles, dans la Bible, sont pratiquement notre seule source documentaire pour connaître sa vie. Cette *Vie de Jésus* est d'abord un ouvrage pédagogique, qui veut simplifier au lecteur l'accès à ces récits fondateurs.

## Revenir à la culture biblique

Même si on la présente reliée en un seul volume, la Bible n'est pas un ouvrage de composition unique, mais un vaste recueil de soixante-douze livres écrits par de nombreux auteurs différents au cours de plusieurs siècles. Toutefois il existe une orientation pour l'ensemble, un sens de l'histoire, et de l'Histoire, dans la venue de Jésus, attendu comme le Messie. Ainsi, pour qui veut entrer dans la compréhension synthétique de tout le mystère des Écritures, il est nécessaire de connaître la figure de Jésus qui en constitue le cœur. En outre, malgré sa diversité, la Bible possède une unité à la fois dynamique et organique : deux grands mouvements s'y distinguent, l'Ancien et le Nouveau Testament, les deux alliances scellées par Dieu, d'abord avec le peuple juif, puis avec toute l'humanité à travers l'Incarnation de Jésus. Le Nouveau Testament se présente non seulement comme la suite, mais surtout comme l'« accomplissement » de l'Ancien (Lc 18, 31) à travers la figure de Jésus. Inversement, la « vie de Jésus » s'interprète tout à la fois *à partir de* et *avec* l'Ancien Testament. C'est d'ailleurs une des difficultés majeures que présentent les Évangiles pour accéder à la personne de Jésus : ces textes ne cherchent pas seulement à raconter la venue de Jésus sur la terre, mais à montrer que les événements vécus par ce Seigneur sont en rapport direct et immédiat avec le passé biblique. Les récits évangéliques veulent montrer la logique de tout le mystère de la Révélation, en ses plus lointaines manifestations, depuis la création du monde. La « vie de Jésus » unifie les livres saints.

Le souvenir de Jésus est primitivement conservé de façon orale. Les premiers récits brefs de telle parole ou de telle action ponctuelle du Christ sont rapportés quelques jours à peine après sa mort, quand ses disciples se mettent à répandre oralement la « bonne nouvelle » de sa résurrection. Ils forment des épisodes qui sont autant de séquences ou de groupes organiques, autant de passages autonomes que les spécialistes de la Bible appellent *péricopes*. Elles se transmettent de bouche à oreille, et les disciples prennent très vite l'habitude de se les rappeler mutuellement au cours des liturgies naissantes des premières communautés chrétiennes. Mais dans le contexte des persécutions contre les Chrétiens qui suivent immédiatement la mort de Jésus, qu'elles soient le fait des Juifs ou des Romains, là donc où le répétiteur oral menace d'être martyrisé – saint Étienne lapidé à Jérusalem (Ac 7, 54-60) –, là où les premières communautés chrétiennes menacent d'être dispersées – tout autour du Bassin méditerranéen –, la composition de textes écrits revêt un caractère indispensable pour pallier les manques de la transmission orale. Chacun des évangélistes s'inspire d'abord de cette tradition orale et replace les péricopes dans une perspective qui lui est propre, en fonction de son expérience personnelle d'une part, et de la communauté à laquelle il s'adresse d'autre part. Dans les textes évangéliques, on détache habituellement les péricopes en leur donnant un titre.

Parmi leurs premiers écrits, les chrétiens ont retenu dès le IIe siècle quatre témoignages canoniques, où ils ont pensé reconnaître une vérité d'inspiration divine, émanant de certains compagnons directs du Christ (Matthieu, vers 75-90, en Palestine et Jean, vers 90-100, à Éphèse) ou de leurs disciples immédiats (Marc, à Rome, et Luc, dans des milieux grecs, à Antioche, Éphèse ou Corinthe, vers 65-80). Ce sont les quatre « Évangiles ». Le mot *évangile* (du grec, « bonne nouvelle ») était alors connu des auteurs païens surtout pour annoncer une victoire ou les grands événements de la vie d'un prince, autant d'épisodes entraînant une amélioration dans la vie du peuple. Chacun des quatre Évangiles est donc « bonne nouvelle » parce que ceux qui les comprennent avec l'intelligence de la foi trouvent en eux une raison de vivre issue de Dieu. « Pour moi, vivre c'est le Christ », écrit saint Paul (Ph 1, 21). Il apparaît donc clairement que le christianisme n'est pas une religion du Livre, mais une religion de la Parole vivante. Jésus ne révèle pas simplement la Parole au cours de sa vie ; il est lui-même la Parole ; il est le « Verbe de Dieu ». La « vie de Jésus », c'est la vie de la Parole.

Les Évangiles de Matthieu, Marc et Luc sont classés dans la catégorie des « Évangiles synoptiques ». Ces trois textes peuvent en effet être *regardés ensemble,* en colonnes juxtaposées, parce qu'ils ont d'étroites ressemblances et qu'ils racontent de façon parallèle plus ou moins les mêmes événements de la « vie de Jésus ». Quels sont les liens de dépendance éventuelle qui unissent ces textes entre eux ? D'où vient cette ressemblance ? Telles sont quelques-unes des questions que ces textes posent encore aujourd'hui aux savants. Si l'on a beaucoup écrit sur cette question complexe de la composition des Évangiles, les exégètes s'accordent généralement aujourd'hui pour résoudre la question synoptique par la « théorie des deux sources », très affinée au cours de ces dernières années : Matthieu et Luc puisent une part de leurs informations dans l'Évangile de Marc, celui-ci étant le plus ancien de tous. Mais Matthieu et Luc puisent aussi à une seconde source, anonyme (constituée par l'ensemble indéterminé des données orales décrites plus haut), comprenant essentiellement des paroles de Jésus ignorées dans le texte de Marc. L'Évangile de Jean, lui, connaît une forme de singularité : s'il est conforme à la conception générale des autres Évangiles dans son plan, il sélectionne davantage les événements décrits pour en donner le sens à travers des discours de Jésus plus développés, tout en apportant, sur la « vie de Jésus », des données factuelles qui lui sont propres.

Les Écritures chrétiennes, malgré leur cohérence intime, ne livrent donc pas une « vie de Jésus » unique. La Révélation christique se développe, au contraire, « à quatre voix », celles de Matthieu, Marc, Luc et Jean, dans une sorte de mosaïque qui regroupe quatre perspectives complémentaires. Tout cela a un sens dans le christianisme, où la Révélation n'est pas envisagée comme un reportage, mais comme le fruit d'une série de témoignages, de paroles interprétées par des témoins authentiques. Pour le christianisme, l'universel de Dieu est à rechercher dans le particulier des hommes. Les Évangiles ne sont donc pas des biographies de Jésus au sens strict, mais des mises en récit intentionnelles qui prétendent confirmer le témoignage existentiel des premiers chrétiens.

Les évangélistes écrivent leur texte après la Résurrection, « en situation de Pentecôte », suite à la confirmation par l'Esprit, descendu sur les disciples, de leur mission évangélisatrice auprès de tous les hommes (Ac 2, 1-13). Leurs destinataires, premiers chrétiens récemment convertis, connaissent donc *déjà* l'histoire de Jésus et ils reconnaissent par la foi qu'il est le Sauveur. Le but premier des écrivains sacrés dans cette perspective missionnaire n'est donc pas que leur lecteur se demande ce qui va se passer dans la vie de Jésus, mais bien plutôt si Jésus va être reconnu pour ce qu'il est, le Sauveur de tous les hommes, malgré tout ce qui pourrait empêcher cette reconnaissance, notamment le caractère anti-héroïque du condamné à mort au cours de sa Passion. C'est pourquoi une « vie de Jésus » ne saurait omettre sa Résurrection, car cette vie après la vie est l'identité même de Jésus, la raison ultime qui fonde le témoignage de ses disciples et l'intérêt de sa vie avant la mort. Les aspects symboliques ou rationnellement indémontrables de la « vie de Jésus » sont au moins aussi importants que ses aspects strictement historiques.

## Les marques de l'écriture sainte

La « vie de Jésus » telle qu'elle nous est rapportée par les Évangiles se trouve ainsi animée par une tension apparemment contradictoire : en l'écrivant, les quatre évangélistes se sont référés *à la fois* au Jésus historique, à l'homme qui vécut en Palestine au Ier siècle, et au Christ de la foi, qui est pour eux toujours vivant, Dieu ressuscité et présent dans l'Église pour ses disciples tous les jours et jusqu'à la consommation des siècles. L'histoire concrète de la « vie de Jésus » racontée dans les Évangiles n'occupe donc qu'une place relative dans l'esprit de leurs rédacteurs : le Nouveau Testament donne une narration sélective, en insistant sur les détails révélateurs par une série d'omissions délibérées. En montrant que Jésus n'est pas un être légendaire, qu'il n'est pas le fruit d'une mythologie sans consistance, les événements historiques de sa vie font simplement ressortir le sens exact du témoignage proposé à la foi vivante des lecteurs. Le genre évangélique prétend donc d'une part être fidèle, c'est-à-dire préserver la mémoire de ce que Jésus a fait et dit, d'autre part transmettre un témoignage historique et actualisateur : par l'approfondissement du passé, on veut éclairer des problèmes de vie toujours présents. Jésus est venu une fois pour toutes dans l'Histoire, mais pour tous les hommes de tous les temps. Le désir d'intemporalité dans la « vie de Jésus » est un paradoxe fondateur du christianisme.

Mais les évangélistes n'ont pas simplement cherché à produire des effets édifiants : leurs ouvrages sont aussi le fruit d'un travail de recherche et d'enquête, mené dans un souci de vérité factuelle (Lc 1, 1-4). On est frappé, d'ailleurs, par l'absence d'hétérogénéité entre les quatre Évangiles ; leur lecture parallèle montre qu'ils sont homogènes et complémentaires. D'aucuns peuvent trouver que leur lecture suivie est parfois fastidieuse parce qu'on y lit quatre fois la même histoire. Mais historiens, magistrats et avocats savent bien que plus on a de témoignages sur un même fait, plus on est sûr de son authenticité, et plus on a de chances de pouvoir en reconstituer la trame exacte. En ce sens, l'existence de quatre témoignages écrits sur un même personnage est un phénomène exceptionnel dans l'Antiquité. Les différences entre les Évangiles ne sont pas des contradictions : *concordantia discordantium* (concordance des discordances), suivant le vieil adage latin. Enfin, les légères divergences apparentes ont depuis toujours été résolues par les commentateurs, et participent de cette symbolisation de la « vie de Jésus » propre à chaque auteur dans son travail d'écriture. Il serait absurde de conclure qu'il ne s'est rien passé de ce qui est raconté, sous prétexte que les Évangiles sont des textes engagés et littéraires, comme il est tout aussi trompeur de croire que les événements se sont déroulés suivant la précision matérielle avec laquelle ils sont décrits dans les textes.

## La *Vie de Jésus* : du neuf avec l'ancien

Toute tentative de synthèse des événements et des paroles des Évangiles en une seule « vie de Jésus » se heurte à des objections immédiates. Pour qui aime les textes, l'amalgame de quatre auteurs distincts est un mélange à proscrire en soi : les leçons les plus simples de toute littérature comparée enseignent qu'il faut toujours considérer chaque texte dans son individualité. Par ailleurs, du point de vue du croyant, si la Parole de Dieu se révèle à quatre voix, c'est une forme de désacralisation irrespectueuse que de vouloir unir ainsi ce que Dieu a livré séparément.

Pourtant, l'on cite toujours l'« Évangile » au singulier, la « Bonne nouvelle » du salut comme une réalité unique (y compris dans la Bible où l'expression au singulier se retrouve soixante-dix-sept fois). Dans leur expérience spirituelle, la majorité des Chrétiens eux-mêmes ne perçoivent pas les spécificités de chacun des Évangiles : Jésus est perçu comme une figure unique, et le Chrétien, même s'il est très versé dans la lecture biblique, est souvent incapable de dire de quel évangéliste provient telle scène (la naissance de Jésus, la parabole du fils prodigue, le lavement des pieds...).

Il nous a donc semblé légitime de tirer des Évangiles une *Vie de Jésus* qui rendrait compte de la réception effective de Jésus dans le christianisme. Notre tentative fait écho à une entreprise très ancienne et constante. L'un des premiers penseurs chrétiens, un Assyrien romanisé du nom de Tatien (120-175), écrivit une « harmonie » des quatre Évangiles ou *Diatessaron* (du grec « à travers les quatre »). Jusqu'aux années 1950, des ouvrages comme *Les Quatre Évangiles en un seul* comptent parmi les livres les plus édités (plus d'un million d'exemplaires publiés par l'œuvre catholique de Verdun entre 1898 et 1912).

Dans les limites de cette édition, nous n'avons pu offrir un florilège exhaustif des quatre Évangiles : notre choix s'est donc porté, toujours dans un souci pédagogique, sur les scènes et les paroles culturellement fortes dans la « vie de Jésus ». Plus qu'une synthèse, nous proposons donc des morceaux choisis que nous ordonnons dans la cohérence chronologique des textes originaux (enfance, vie publique, passion, résurrection). Notre ouvrage reprend ainsi le projet évangélique lui-même : nous présentons une anthologie des actions et des paroles de Jésus, car, comme on le lit déjà dans la Bible, « si on les écrivait une à une, le monde entier ne pourrait, je pense, contenir les livres qu'on écrirait » (Jn 21, 25)...

Comme notre dessein n'est pas de contracter le texte des quatre Évangiles en un seul, nous n'avons pas réécrit les textes bibliques pour composer cette *Vie de Jésus*. On ne lira pas de résumé de notre plume. On trouvera ici tous les textes dans leur authenticité, suivant la *Traduction œcuménique de la Bible* (TOB). Cette traduction française, pionnière des traductions œcuméniques qui ont pu surgir ultérieurement en d'autres langues, fut publiée pour la première fois en 1972. Fondée sur les meilleures éditions critiques des textes grecs originaux, cette version s'impose aujourd'hui comme une des références dans les milieux exégétiques et chrétiens.

Notre démarche est à bien des égards une forme de retour aux sources premières des Évangiles eux-mêmes. C'est en revenant exclusivement aux péricopes primitives que nous avons composé notre *Vie de Jésus,* en choisissant pour chacune la version qui nous semble la plus complète ou la plus belle. Bien entendu, ce choix n'est pas sans répondre à des critères subjectifs. Nous espérons cependant avoir diminué le caractère trop personnel de notre sélection en nous conformant au critère du sens commun et à notre expérience de professeur habitué à reconnaître les besoins culturels d'un large public. Dans un souci de clarté et de fidélité au texte, les références données avant chaque péricope ou avant chaque récit permettront au lecteur désireux d'approfondir de se reporter à une Bible complète, où il trouvera les renvois aux autres occurrences de tel événement de la « vie de Jésus » dans les quatre Évangiles.

Afin de réduire l'impression de fractionnement, nous avons évité, chaque fois que possible, de changer d'Évangile après chaque péricope. On pourra donc lire des péricopes les unes à la suite des autres telles qu'elles ont été ordonnées ou rédigées par les évangélistes eux-mêmes. Nous avons essayé de conserver de longues scènes qui permettent tout de même une lecture suivie d'un auteur afin de sentir l'écriture particulière de chacun et la cohérence interne de leur récit (on donne ainsi la totalité du « sermon sur la montagne » de l'Évangile de Matthieu). Cependant notre souci constant est d'apporter le plus grand nombre d'informations possible sur Jésus lui-même. Nous cherchons en effet seulement à établir un pont qui permette de conduire à la lecture suivie des textes eux-mêmes, et peut-être au-delà.

On aurait pu utiliser des informations extra-évangéliques dans cette *Vie de Jésus,* tirées soit d'autres livres de la Bible (comme les allusions à la vie de Jésus dans les *Actes des apôtres* ou dans les épîtres de Paul), soit des livres apocryphes *(Évangile de Thomas, Protévangile de Jacques, Évangile de Pierre),* soit des informations historiques des rares témoins païens du premier siècle (Flavius Josèphe, Tacite, Suétone), soit des informations archéologiques de plus en plus nombreuses. Mais il nous a fallu faire des choix, et c'est le Jésus reçu dans la foi qui a retenu ici notre attention dans la perspective que nous nous sommes fixée d'emblée. En l'absence de références extérieures aux Évangiles, on ne s'étonnera pas que certains épisodes qui constituent l'issue immédiate et logique de la vie de Jésus après son Ascension au Ciel soient absents du présent ouvrage, qu'ils soient décrits dans d'autres livres bibliques (comme la Pentecôte) ou qu'ils proviennent de la tradition théologique la plus ancienne (l'Immaculée Conception ou l'Assomption de Marie). De même, nous avons dû faire le choix de raccourcir les passages traitant de saint Jean-Baptiste. Nous avons dû éliminer certaines scènes, pourtant importantes, en particulier dans la vie publique de Jésus : la rencontre avec Nicomède, le centurion fidèle, la résurrection du fils de la veuve de Naïm (Lc 7, 11-17), de même que certaines paroles fortes (« les petits chiens sous la table », Mc 7, 28).

Nous allons à l'essentiel le plus strict. Aujourd'hui, toutes les références culturelles issues du christianisme risquent de devenir tout simplement incompréhensibles si l'on ne revient pas à ce « grand code » universel de notre civilisation occidentale que sont les textes bibliques, suivant l'expression du poète britannique William Blake. Connaître le « fait religieux » chrétien, au moins dans ses très grandes lignes, est indispensable pour pouvoir déchiffrer un texte littéraire, un tableau, un monument ou telle allusion dans les discours politique ou publicitaire. Mais surtout, quand on cherche à connaître Jésus, on est frappé par le fait que sa vie nous découvre plus que nous ne la découvrons. On la reçoit comme un héritage collectif qui nous a façonnés avant même que nous en prenions conscience, par les marques qu'elle a laissées dans notre univers culturel et notre façon d'être et de penser. Partir à la découverte de la « vie de Jésus », c'est donc aller à la rencontre de notre propre vie dans l'épaisseur de notre civilisation et de notre âme.

François Bonfils

# I. L'ENFANCE

## 1. L'annonce de la nativité de Jean-Baptiste
(Luc 1,5-25)

Il y avait au temps d'Hérode, roi de Judée, un prêtre nommé Zacharie, de la classe d'Abia ; sa femme appartenait à la descendance d'Aaron et s'appelait Élisabeth. Tous deux étaient justes devant Dieu et ils suivaient tous les commandements et observances du Seigneur d'une manière irréprochable. Mais ils n'avaient pas d'enfant parce que Élisabeth était stérile et ils étaient tous deux avancés en âge. Vint pour Zacharie le temps d'officier devant Dieu selon le tour de sa classe ; suivant la coutume du sacerdoce, il fut désigné par le sort pour offrir l'encens à l'intérieur du sanctuaire du Seigneur. Toute la multitude du peuple était en prière au-dehors à l'heure de l'offrande de l'encens. Alors lui apparut un ange du Seigneur, debout à droite de l'autel de l'encens. À sa vue, Zacharie fut troublé et la crainte s'abattit sur lui. Mais l'ange lui dit : « Sois sans crainte, Zacharie, car ta prière a été exaucée. Ta femme Élisabeth t'enfantera un fils et tu lui donneras le nom de Jean. Tu en auras joie et allégresse et beaucoup se réjouiront de sa naissance. Car il sera grand devant le Seigneur ; il ne boira ni vin ni boisson fermentée et il sera rempli de l'Esprit Saint dès le sein de sa mère. Il ramènera beaucoup de fils d'Israël au Seigneur leur Dieu ; et il marchera par-devant sous le regard de Dieu, avec l'esprit et la puissance d'Élie, pour *ramener le cœur des pères vers leurs enfants* et conduire les rebelles à penser comme les justes, afin de former pour le Seigneur un peuple *préparé*. » Zacharie dit à l'ange : « À quoi le saurai-je ? Car je suis un vieillard et ma femme est avancée en âge. » L'ange lui répondit : « Je suis Gabriel qui me tiens devant Dieu. J'ai été envoyé pour te parler et pour t'annoncer cette bonne nouvelle. Eh bien, tu vas être réduit au silence et tu ne pourras plus parler jusqu'au jour où cela se réalisera, parce que tu n'as pas cru à mes paroles qui s'accompliront en leur temps. » Le peuple attendait Zacharie et s'étonnait qu'il s'attardât dans le sanctuaire. Quand il sortit, il ne pouvait leur parler et ils comprirent qu'il avait eu une vision dans le sanctuaire ; il leur faisait des signes et demeurait muet. Quand prit fin son temps de service, il repartit chez lui. Après quoi Élisabeth, sa femme, devint enceinte ; cinq mois durant elle s'en cacha ; elle se disait : « Voilà ce qu'a fait pour moi le Seigneur au temps où il a jeté les yeux sur moi pour mettre fin à ce qui faisait ma honte devant les hommes. »

## 2. L'Annonciation
(Luc 1, 26-38)

Le sixième mois, l'ange Gabriel fut envoyé par Dieu dans une ville de Galilée du nom de Nazareth, à une jeune fille accordée en mariage à un homme nommé Joseph, de la famille de David ; cette jeune fille s'appelait Marie. L'ange entra auprès d'elle et lui dit : « Sois joyeuse, toi qui as la faveur de Dieu, le Seigneur est avec toi. » À ces mots, elle fut très troublée, et elle se demandait ce que pouvait signifier cette salutation. L'ange lui dit : « Sois sans crainte, Marie, car tu as trouvé grâce auprès de Dieu. *Voici que tu vas être enceinte, tu enfanteras un fils et tu lui donneras le nom* de Jésus. Il sera grand et sera appelé fils du Très-Haut. Le Seigneur Dieu lui donnera le trône de David son père ; il régnera pour toujours sur la famille de Jacob, et son règne n'aura pas de fin. » Marie dit à l'ange : « Comment cela se fera-t-il puisque je n'ai pas de relations conjugales ? » L'ange lui répondit :

« L'Esprit Saint viendra sur toi
et la puissance du Très-Haut
te couvrira de son ombre ;

c'est pourquoi celui qui va naître sera saint et sera appelé Fils de Dieu. Et voici qu'Élisabeth, ta parente, est elle aussi enceinte d'un fils dans sa vieillesse et elle en est à son sixième mois, elle qu'on appelait la stérile, car *rien n'est impossible à Dieu*. » Marie dit alors : « Je suis la servante du Seigneur. Que tout se passe pour moi comme me l'as dit ! » Et l'ange la quitta.

## 3. La Visitation
(Luc 1, 39-56)

En ce temps-là, Marie partit en hâte pour se rendre dans le haut pays, dans une ville de Juda. Elle entra dans la maison de Zacharie et salua Élisabeth. Or, lorsque Élisabeth entendit la salutation de Marie, l'enfant bondit dans son sein et Élisabeth fut remplie du Saint-Esprit. Elle poussa un grand cri et dit : « Tu es bénie plus que toutes les femmes, béni aussi est le fruit de ton sein ! Comment m'est-il donné que vienne à moi la mère de mon Seigneur ? Car lorsque ta salutation a retenti à mes oreilles, voici que l'enfant a bondi d'allégresse en mon sein. Bienheureuse celle qui a cru : ce qui lui a été dit de la part du Seigneur s'accomplira ! » Alors Marie dit :

« Mon âme exalte le Seigneur
et mon esprit s'est rempli d'allégresse à cause de Dieu, mon Sauveur,
parce qu'il a porté son regard sur son humble servante.
Oui, désormais, toutes les générations me proclameront bienheureuse,
parce que le Tout-Puissant a fait pour moi de grandes choses : saint est son Nom.
Sa bonté s'étend de génération en génération sur ceux qui le craignent.
Il est intervenu de toute la force de son bras ;
il a dispersé les hommes à la pensée orgueilleuse ;
il a jeté les puissants à bas de leurs trônes
et il a élevé les humbles ;
les affamés, il les a comblés de biens
et les riches, il les a renvoyés les mains vides.
Il est venu en aide à Israël son serviteur
en souvenir de sa bonté,
comme il l'avait dit à nos pères, en faveur d'Abraham et de sa descendance pour toujours. »

Marie demeura avec Élisabeth environ trois mois, puis elle retourna chez elle.

## 4. L'annonce à Joseph
(Matthieu 1, 18-25)

Marie, sa mère, était accordée en mariage à Joseph ; or, avant qu'ils aient habité ensemble, elle se trouva enceinte par le fait de l'Esprit Saint. Joseph, son époux, qui était un homme juste et ne voulait pas la diffamer publiquement, résolut de la répudier secrètement. Il avait formé ce projet, et voici que l'ange du Seigneur lui apparut en songe et lui dit : « Joseph, fils de David, ne crains pas de prendre chez toi Marie, ton épouse : ce qui a été engendré en elle vient de l'Esprit Saint, et elle enfantera un fils auquel tu donneras le nom de Jésus, car c'est lui qui sauvera son peuple de ses péchés. » Tout cela arriva pour que s'accomplisse ce que le Seigneur avait dit par le prophète : « *Voici que la vierge concevra et enfantera un fils auquel on donnera le nom d'Emmanuel* », ce qui se traduit : « Dieu avec nous ». À son réveil, Joseph fit ce que l'ange du Seigneur lui avait prescrit : il prit chez lui son épouse, mais il ne la connut pas jusqu'à ce qu'elle eût enfanté un fils, auquel il donna le nom de Jésus.

## 5. La nativité de Jésus
(Luc 2, 1-21)

Or, en ce temps-là, parut un décret de César Auguste pour faire recenser le monde entier. Ce premier recensement eut lieu à l'époque où Quirinius était gouverneur de Syrie. Tous allaient se faire recenser, chacun dans sa propre ville ; Joseph aussi monta de la ville de Nazareth en Galilée à la ville de David qui s'appelle Bethléem en Judée, parce qu'il était de la famille et de la descendance de David, pour se faire recenser avec Marie son épouse, qui était enceinte.

Or, pendant qu'ils étaient là, le jour où elle devait accoucher arriva ; elle accoucha de son fils premier-né, l'emmaillota et le déposa dans une mangeoire, parce qu'il n'y avait pas de place pour eux dans la salle d'hôtes. Il y avait dans le même pays des bergers qui vivaient aux champs et montaient la garde pendant la nuit auprès de leur troupeau. Un ange du Seigneur se présenta devant eux, la gloire du Seigneur les enveloppa de lumière et ils furent saisis d'une grande crainte. L'ange leur dit : « Soyez sans crainte, car voici, je viens vous annoncer une bonne nouvelle, qui sera une grande joie pour tout le peuple : il vous est né aujourd'hui, dans la ville de David, un Sauveur qui est le Christ Seigneur ; et voici le signe qui vous est donné : vous trouverez un nouveau-né emmailloté et couché dans une mangeoire. » Tout à coup, il y eut avec l'ange l'armée céleste en masse qui chantait les louanges de Dieu et disait :

« Gloire à Dieu au plus haut des cieux
et sur la terre paix pour ses bien-aimés. »

Or, quand les anges les eurent quittés pour le ciel, les bergers se dirent entre eux : « Allons donc jusqu'à Bethléem et voyons ce qui est arrivé, ce que le Seigneur nous a fait connaître. » Ils y allèrent en hâte et trouvèrent Marie, Joseph et le nouveau-né couché dans la mangeoire. Après avoir vu, ils firent connaître ce qui leur avait été dit au sujet de cet enfant. Et tous ceux qui les entendirent furent étonnés de ce que leur disaient les bergers. Quant à Marie, elle retenait tous ces événements en en cherchant le sens. Puis les bergers s'en retournèrent, chantant la gloire et les louanges de Dieu pour tout ce qu'ils avaient entendu et vu, en accord avec ce qui leur avait été annoncé. Huit jours plus tard, quand vint le moment de circoncire l'enfant, on l'appela du nom de Jésus, comme l'ange l'avait appelé avant sa conception.

### 6. La présentation de Jésus au Temple
(Luc 2, 22-39)

Puis quand vint le jour où, suivant la loi de Moïse, ils devaient être purifiés, ils l'amenèrent à Jérusalem pour le présenter au Seigneur – ainsi qu'il est écrit dans la loi du Seigneur : *tout garçon premier-né sera consacré au Seigneur* – et pour offrir en sacrifice, suivant ce qui est dit dans la loi du Seigneur, *un couple de tourterelles ou deux petits pigeons*.

Or, il y avait à Jérusalem un homme du nom de Syméon. Cet homme était juste et pieux, il attendait la consolation d'Israël et l'Esprit Saint était sur lui. Il lui avait été révélé par l'Esprit Saint qu'il ne verrait pas la mort avant d'avoir vu le Christ du Seigneur. Il vint alors au temple poussé par l'Esprit ; et quand les parents de l'enfant Jésus l'amenèrent pour faire ce que la Loi prescrivait à son sujet, il le prit dans ses bras et il bénit Dieu en ces termes :

« Maintenant, Maître, c'est en paix, comme tu l'as dit, que tu renvoies ton serviteur.

Car mes yeux ont vu ton salut, que tu as préparé face à tous les peuples :

lumière pour la révélation aux païens
et gloire d'Israël ton peuple. »

Le père et la mère de l'enfant étaient étonnés de ce qu'on disait de lui. Syméon les bénit et dit à Marie sa mère : « Il est là pour la chute ou le relèvement de beaucoup en Israël et pour être un signe contesté – et toi-même, un glaive te transpercera l'âme ; ainsi seront dévoilés les débats de bien des cœurs. »

Il y avait aussi une prophétesse, Anne, fille de Phanuel, de la tribu d'Aser. Elle était fort avancée en âge ; après avoir vécu sept ans avec son mari, elle était restée veuve et avait atteint l'âge de quatre-vingt-quatre ans. Elle ne s'écartait pas du Temple, participant au culte nuit et jour par des jeûnes et des prières. Survenant au même moment, elle se mit à célébrer Dieu et à parler de l'enfant à tous ceux qui attendaient la libération de Jérusalem.

Lorsqu'ils eurent accompli tout ce que prescrivait la loi du Seigneur, ils retournèrent en Galilée, dans leur ville de Nazareth.

## 7. L'épiphanie
(Matthieu 2, 1-12)

Jésus étant né à Bethléem de Judée, au temps du roi Hérode, voici que des mages venus d'Orient arrivèrent à Jérusalem et demandèrent : « Où est le roi des Juifs qui vient de naître ? Nous avons vu son astre à l'Orient et nous sommes venus lui rendre hommage. » À cette nouvelle, le roi Hérode fut troublé, et tout Jérusalem avec lui. Il assembla tous les grands prêtres et les scribes du peuple, et s'enquit auprès d'eux du lieu où le Messie devait naître. « À Bethléem de Judée, lui dirent-ils, car c'est ce qui est écrit par le prophète : *et toi, Bethléem, terre de Juda, tu n'es certes pas le plus petit des chefs-lieux de Juda : car c'est de toi que sortira le chef qui fera paître Israël, mon peuple.* » Alors Hérode fit appeler secrètement les mages, se fit préciser par eux l'époque à laquelle l'astre apparaissait, et les envoya à Bethléem en disant : « Allez vous renseigner avec précision sur l'enfant ; et, quand vous l'aurez trouvé, avertissez-moi pour que, moi aussi, j'aille lui rendre hommage. » Sur ces paroles du roi, ils se mirent en route ; et voici que l'astre, qu'ils avaient vu à l'Orient, avançait devant eux jusqu'à ce qu'il vînt s'arrêter au-dessus de l'endroit où était l'enfant. À la vue de l'astre, ils éprouvèrent une très grande joie. Entrant dans la maison, ils virent l'enfant avec Marie, sa mère, et, se prosternant, ils lui rendirent hommage ; ouvrant leurs coffrets, ils lui offrirent en présent de l'or, de l'encens et de la myrrhe. Puis, divinement avertis en songe de ne pas retourner auprès d'Hérode, ils se retirèrent dans leur pays par un autre chemin.

## 8. La fuite en Égypte
(Matthieu 2, 13-15)

Après leur départ, voici que l'ange du Seigneur apparaît en songe à Joseph et lui dit : « Lève-toi, prends avec toi l'enfant et sa mère, et fuis en Égypte ; restes-y jusqu'à nouvel ordre, car Hérode va rechercher l'enfant pour le faire périr. » Joseph se leva, prit avec lui l'enfant et sa mère, de nuit, et se retira en Égypte. Il y resta jusqu'à la mort d'Hérode, pour que s'accomplisse ce qu'avait dit le Seigneur par le prophète : *d'Égypte, j'ai appelé mon fils.*

## 9. Le massacre des Innocents
(Matthieu 2, 16-18)

Alors Hérode, se voyant joué par les mages, entra dans une grande fureur et envoya tuer, dans Bethléem et tout son territoire, tous les enfants jusqu'à deux ans, d'après l'époque qu'il s'était fait préciser par les mages. Alors s'accomplit ce qui avait été dit par le prophète Jérémie :
*Une voix dans Rama s'est fait entendre,*
*des pleurs et une longue plainte :*
*c'est Rachel qui pleure ses enfants et ne veut pas être consolée,*
*parce qu'ils ne sont plus.*

## 10. Le retour d'Égypte. Installation à Nazareth
(Matthieu 2, 19-23)

Après la mort d'Hérode, l'ange du Seigneur apparaît en songe à Joseph, en Égypte, et lui dit : « Lève-toi, prends avec toi l'enfant et sa mère, et mets-toi en route pour la terre d'Israël ; en effet, ils sont morts, ceux qui en voulaient à la vie de l'enfant. » Joseph se leva, prit avec lui l'enfant et sa mère, et il entra dans la terre d'Israël. Mais, apprenant qu'Archélaüs régnait sur la Judée à la place de son père Hérode, il eut peur de s'y rendre ; et divinement averti en songe, il se retira dans la région de Galilée et vint habiter une ville appelée Nazareth, pour que s'accomplisse ce qui avait été dit par les prophètes : *il sera appelé Nazôréen.*

## 11. Le recouvrement de Jésus au Temple
(Luc 2, 40-52)

Quant à l'enfant, il grandissait et se fortifiait, tout rempli de sagesse, et la faveur de Dieu était sur lui.

Ses parents allaient chaque année à Jérusalem pour la fête de la Pâque. Quand il eut douze ans, comme ils y étaient montés suivant la coutume de la fête, et qu'à la fin des jours de fête ils s'en retournaient, le jeune Jésus resta à Jérusalem sans que ses parents s'en aperçoivent. Pensant qu'il était avec leurs compagnons de route, ils firent une journée de chemin avant de le chercher parmi leurs parents et connaissances. Ne l'ayant pas trouvé, ils retournèrent à Jérusalem en le cherchant. C'est au bout de trois jours qu'ils le retrouvèrent dans le Temple, assis au milieu des maîtres, à les écouter et les interroger. Tous ceux qui l'entendaient s'extasiaient sur l'intelligence de ses réponses. En le voyant, ils furent frappés d'étonnement et sa mère lui dit : « Mon enfant, pourquoi as-tu agi de la sorte avec nous ? Vois, ton père et moi, nous te cherchons tout angoissés. » Il leur dit : « Pourquoi donc me cherchiez-vous ? Ne saviez-vous pas qu'il me faut être chez mon Père ? » Mais eux ne comprirent pas ce qu'il leur disait. Puis il descendit avec eux pour aller à Nazareth ; il leur était soumis ; et sa mère retenait tous ces événements dans son cœur. Jésus progressait en sagesse et en taille, et en faveur auprès de Dieu et auprès des hommes.

# II. LA VIE PUBLIQUE

## Du baptême de Jésus à l'appel des premiers disciples

### 1. La prédication de Jean-Baptiste
(Matthieu 3, 1-12)

En ces jours-là paraît Jean le Baptiste, proclamant dans le désert de Judée : « Convertissez-vous : le Règne des cieux s'est approché ! » C'est lui dont avait parlé le prophète Ésaïe quand il disait : « *Une voix crie dans le désert : "Préparez le chemin du Seigneur, rendez droits ses sentiers."* » Jean avait un vêtement de poil de chameau et une ceinture de cuir autour des reins ; il se nourrissait de sauterelles et de miel sauvage. Alors Jérusalem, toute la Judée et toute la région du Jourdain se rendaient auprès de lui ; ils se faisaient baptiser par lui dans le Jourdain en confessant leurs péchés.

Comme il voyait beaucoup de Pharisiens et de Sadducéens venir à son baptême, il leur dit : « Engeance de vipères, qui vous a montré le moyen d'échapper à la colère qui vient ? Produisez donc du fruit qui témoigne de votre conversion ; et ne vous avisez pas de dire en vous-mêmes : "Nous avons pour père Abraham." Car je vous le dis, des pierres que voici, Dieu peut susciter des enfants à Abraham. Déjà la hache est prête à attaquer la racine des arbres ; tout arbre donc qui ne produit pas de bon fruit va être coupé et jeté au feu.

« Moi, je vous baptise dans l'eau en vue de la conversion ; mais celui qui vient après moi est plus fort que moi : je ne suis pas digne de lui ôter ses sandales ; lui, il vous baptisera dans l'Esprit Saint et le feu. Il a sa pelle à vanner à la main, il va nettoyer son aire et recueillir son blé dans le grenier ; mais la bale, il la brûlera au feu qui ne s'éteint pas. »

### 2. Le baptême de Jésus
(Matthieu 3, 13-17)

Alors paraît Jésus, venu de Galilée jusqu'au Jourdain auprès de Jean, pour se faire baptiser par lui. Jean voulut s'y opposer : « C'est moi, disait-il, qui ai besoin d'être baptisé par toi, et c'est toi qui viens à moi ! » Mais Jésus lui répliqua : « Laisse faire maintenant : c'est ainsi qu'il nous convient d'accomplir toute justice. » Alors, il le laissa faire. Dès qu'il fut baptisé, Jésus sortit de l'eau. Voici que les cieux s'ouvrirent et il vit l'Esprit de Dieu descendre comme une colombe et venir sur lui. Et voici qu'une voix venant des cieux disait : « Celui-ci est mon Fils bien-aimé, celui qu'il m'a plu de choisir. »

### 3. La tentation au désert
(Matthieu 4, 1-11)

Alors Jésus fut conduit par l'Esprit au désert, pour être tenté par le diable. Après avoir jeûné quarante jours et quarante nuits, il finit par avoir faim. Le tentateur s'approcha et lui dit : « Si tu es le Fils de Dieu, ordonne que ces pierres deviennent des pains. » Mais il répliqua : « Il est écrit : *"ce n'est pas seulement de pain que l'homme vivra, mais de toute parole sortant de la bouche de Dieu"*. » Alors le diable l'emmène dans la Ville Sainte, le place sur le faîte du Temple et lui dit : « Si tu es le Fils de Dieu, jette-toi en bas, car il est écrit : *"il donnera pour toi des ordres à ses anges et ils te porteront sur leurs mains pour t'éviter de heurter du pied quelque pierre."* » Jésus lui dit : « Il est aussi écrit : *"tu ne mettras pas à l'épreuve le Seigneur ton Dieu"*. » Le diable l'emmène encore sur une très haute montagne ; il lui montre tous les royaumes du monde avec leur gloire et lui dit : « Tout cela je te le donnerai, si tu te prosternes et m'adores. » Alors Jésus lui dit : « Retire-toi, Satan ! Car il est écrit : *"le Seigneur ton Dieu tu adoreras et c'est à lui seul que tu rendras un culte"*. » Alors le diable le laisse, et voici que des anges s'approchèrent, et ils le servaient.

## 4. Les débuts de la prédication en Galilée
(Matthieu 4, 12-17)

Ayant appris que Jean avait été livré, Jésus se retira en Galilée. Puis, abandonnant Nazara, il vint habiter à Capharnaüm, au bord de la mer, dans les territoires de Zabulon et de Nephtali, pour que s'accomplisse ce qu'avait dit le prophète Ésaïe :

« *Terre de Zabulon, terre de Nephtali,*
*route de la mer,*
*pays au-delà du Jourdain,*
*Galilée des Nations !*
*Le peuple qui se trouvait dans les ténèbres*
*a vu une grande lumière ;*
*pour ceux qui se trouvaient dans le sombre pays de la mort,*
*une lumière s'est levée.* »

À partir de ce moment, Jésus commença à proclamer : « Convertissez-vous : le Règne des cieux s'est approché. »

## 5. L'appel des premiers disciples
(Matthieu 4, 18-22)

Comme il marchait le long de la mer de Galilée, il vit deux frères, Simon appelé Pierre et André, son frère, en train de jeter le filet dans la mer : c'étaient des pêcheurs. Il leur dit : « Venez à ma suite et je vous ferai pêcheurs d'hommes. » Laissant aussitôt leurs filets, ils le suivirent. Avançant encore, il vit deux autres frères : Jacques, fils de Zébédée, et Jean son frère, dans leur barque, avec Zébédée leur père, en train d'arranger leurs filets. Il les appela. Laissant aussitôt leur barque et leur père, ils le suivirent.

# LES PREMIERS MIRACLES

## 1. Les noces de Cana
(Jean 2, 1-12)

Or, le troisième jour il y eut une noce à Cana de Galilée et la mère de Jésus était là. Jésus lui aussi fut invité à la noce ainsi que ses disciples. Comme le vin manquait, la mère de Jésus lui dit : « Ils n'ont pas de vin. » Mais Jésus lui répondit : « Que me veux-tu, femme ? Mon heure n'est pas encore venue. » Sa mère dit aux serviteurs : « Quoi qu'il vous dise, faites-le. » Il y avait là six jarres de pierre destinées aux purifications des Juifs ; elles contenaient chacune de deux à trois mesures. Jésus dit aux serviteurs : « Remplissez d'eau ces jarres » ; et ils les emplirent jusqu'au bord. Jésus leur dit : « Maintenant puisez et portez-en au maître du repas. » Ils lui en portèrent et il goûta l'eau devenue vin – il ne savait pas d'où il venait, à la différence des serviteurs qui avaient puisé l'eau –, aussi il s'adresse au marié et lui dit : « Tout le monde offre d'abord le bon vin et, lorsque les convives sont gris, le moins bon ; mais toi, tu as gardé le bon vin jusqu'à maintenant ! » Tel fut, à Cana de Galilée, le commencement des signes de Jésus. Il manifesta sa gloire et ses disciples crurent en lui. Après quoi, il descendit à Capharnaüm avec sa mère, ses frères et ses disciples ; mais ils n'y restèrent que peu de jours.

### 2. L'exorcisme de Capharnaüm
(Marc 1, 21-28)

Ils pénètrent dans Capharnaüm. Et dès le jour du sabbat, entré dans la synagogue, Jésus enseignait. Ils étaient frappés de son enseignement ; car il les enseignait en homme qui a autorité et non pas comme les scribes. Justement il y avait dans leur synagogue un homme possédé d'un esprit impur ; il s'écria : « Que nous veux-tu, Jésus de Nazareth ? Tu es venu pour nous perdre. Je sais qui tu es : le Saint de Dieu. » Jésus lui commanda sévèrement : « Tais-toi et sors de cet homme. » L'esprit impur le secoua avec violence et il sortit de lui en poussant un grand cri. Ils furent tous tellement saisis qu'ils se demandaient les uns aux autres : « Qu'est-ce que cela ? Voilà un enseignement nouveau, plein d'autorité ! Il commande même aux esprits impurs et ils lui obéissent ! » Et sa renommée se répandit aussitôt partout, dans toute la région de Galilée.

### 3. La guérison de la belle-mère de Simon
(Marc 1, 29-31)

Juste en sortant de la synagogue, ils allèrent, avec Jacques et Jean, dans la maison de Simon et d'André. Or la belle-mère de Simon était couchée, elle avait de la fièvre ; aussitôt on parle d'elle à Jésus. Il s'approcha et la fit lever en lui prenant la main : la fièvre la quitta et elle se mit à les servir.

### 4. Les guérisons multiples
(Marc 1, 32-34)

Le soir venu, après le coucher du soleil, on se mit à lui amener tous les malades et les démoniaques. La ville entière était rassemblée à la porte. Il guérit de nombreux malades souffrant de maux de toutes sortes et il chassa de nombreux démons ; et il ne laissait pas parler les démons, parce que ceux-ci le connaissaient.

### 5. La guérison d'un lépreux
(Marc 1, 40-45)

Un lépreux s'approche de lui ; il le supplie et tombe à genoux en lui disant : « Si tu le veux, tu peux me purifier. » Pris de pitié, Jésus étendit la main et le toucha. Il lui dit : « Je le veux, sois purifié. » À l'instant, la lèpre le quitta et il fut purifié. S'irritant contre lui, Jésus le renvoya aussitôt. Il lui dit : « Garde-toi de rien dire à personne, mais va te montrer au prêtre et offre pour ta purification ce que Moïse a prescrit : ils auront là un témoignage. » Mais une fois parti, il se mit à proclamer bien haut et à répandre la nouvelle, si bien que Jésus ne pouvait plus entrer ouvertement dans une ville, mais qu'il restait dehors en des endroits déserts. Et l'on venait à lui de toute part.

### 6. La vraie parenté de Jésus
(Marc 3, 31-35)

Arrivent sa mère et ses frères. Restant dehors, ils le firent appeler. La foule était assise autour de lui. On lui dit : « Voici que ta mère et tes frères sont dehors ; ils te cherchent. » Il leur répond : « Qui sont ma mère et mes frères ? » Et, parcourant du regard ceux qui étaient assis en cercle autour de lui, il dit : « Voici ma mère et mes frères. Quiconque fait la volonté de Dieu, voilà mon frère, ma sœur, ma mère. »

### 7. L'entourage féminin de Jésus
(Luc 8, 1-3)

Or, par la suite, Jésus faisait route à travers villes et villages ; il proclamait et annonçait la bonne nouvelle du Règne de Dieu. Les Douze étaient avec lui, et aussi des femmes qui avaient été guéries d'esprits mauvais et de maladies : Marie, dite de Magdala, dont étaient sortis sept démons, Jeanne, femme de Chouza, intendant d'Hérode, Suzanne et beaucoup d'autres qui les aidaient de leurs biens.

## L'expulsion des marchands du Temple
(Jean 2, 13-22)

La Pâque des Juifs était proche et Jésus monta à Jérusalem. Il trouva dans le Temple les marchands de bœufs, de brebis et de colombes ainsi que les changeurs qui s'y étaient installés. Alors, s'étant fait un fouet avec des cordes, il les chassa tous du temple, et les brebis et les bœufs ; il dispersa la monnaie des changeurs, renversa leurs tables ; et il dit aux marchands de colombes : « Ôtez tout cela d'ici et ne faites pas de la maison de mon Père une maison de trafic. » Ses disciples se souvinrent qu'il est écrit : « *le zèle de ta maison me dévorera.* » Mais les Juifs prirent la parole et lui dirent : « Quel signe nous montreras-tu, pour agir de la sorte ? » Jésus leur répondit : « Détruisez ce temple et, en trois jours, je le relèverai. » Alors les Juifs lui dirent : « Il a fallu quarante-six ans pour construire ce temple et toi, tu le relèverais en trois jours ? » Mais lui parlait du Temple de son corps. Aussi, lorsque Jésus se releva d'entre les morts, ses disciples se souvinrent qu'il avait parlé ainsi, et ils crurent à l'Écriture ainsi qu'à la parole qu'il avait dite.

## Jésus chez les Samaritains. La Samaritaine
(Jean 4, 1-42)

Quand Jésus apprit que les Pharisiens avaient entendu dire qu'il faisait plus de disciples et en baptisait plus que Jean – à vrai dire, Jésus lui-même ne baptisait pas, mais ses disciples – il quitta la Judée et regagna la Galilée. Or, il lui fallait traverser la Samarie. C'est ainsi qu'il parvint dans une ville de Samarie appelée Sychar, non loin de la terre donnée par Jacob à son fils Joseph, là même où se trouve le puits de Jacob. Fatigué du chemin, Jésus était assis tout simplement au bord du puits. C'était environ la sixième heure. Arrive une femme de Samarie pour puiser de l'eau. Jésus lui dit : « Donne-moi à boire. » Ses disciples, en effet, étaient allés à la ville pour acheter de quoi manger. Mais cette femme, cette Samaritaine, lui dit : « Comment ? Toi, un Juif, tu me demandes à boire à moi, une femme samaritaine ! » Les Juifs, en effet, ne veulent rien avoir de commun avec les Samaritains. Jésus lui répondit : « Si tu connaissais le don de Dieu et qui est celui qui te dit : “Donne-moi à boire, c'est toi qui aurais demandé et il t'aurait donné de l'eau vive.” » La femme lui dit : « Seigneur, tu n'as pas même un seau et le puits est profond ; d'où la tiens-tu donc, cette eau vive ? Serais-tu plus grand, toi, que notre père Jacob qui nous a donné le puits et qui, lui-même, y a bu ainsi que ses fils et ses bêtes ? » Jésus lui répondit : « Quiconque boit de cette eau-ci aura encore soif ; mais celui qui boira de l'eau que je lui donnerai n'aura plus jamais soif ; au contraire, l'eau que je lui donnerai deviendra en lui une source jaillissante en vie éternelle. » La femme lui dit : « Seigneur, donne-moi cette eau pour que je n'aie plus soif et que je n'aie plus à venir puiser ici. » Jésus lui dit : « Va, appelle ton mari et reviens ici. » La femme lui répondit : « Je n'ai pas de mari. » Jésus lui dit : « Tu dis bien : “Je n'ai pas de mari” ; tu en as eu cinq et l'homme que tu as maintenant n'est pas ton mari. En cela tu as dit vrai. » « Seigneur, lui dit la femme, je vois que tu es un prophète. Nos pères ont adoré sur cette montagne et vous, vous affirmez qu'à Jérusalem se trouve le lieu où il faut adorer. » Jésus lui dit : « Crois-moi, femme, l'heure vient où ce n'est ni sur cette montagne ni à Jérusalem que vous adorerez le Père. Vous adorez ce que vous ne connaissez pas ; nous adorons ce que nous connaissons, car le salut vient des Juifs. Mais l'heure vient, elle est là, où les vrais adorateurs adoreront le Père en esprit et en vérité ; tels sont, en effet, les adorateurs que cherche le Père. Dieu est esprit et c'est pourquoi ceux qui l'adorent doivent adorer en esprit et en vérité. » La femme lui dit : « Je sais qu'un Messie doit venir – celui qu'on appelle Christ. Lorsqu'il viendra, il nous annoncera toutes choses. » Jésus lui dit : « Je le suis, moi qui te parle. » Sur quoi les disciples arrivèrent. Ils s'étonnaient que Jésus parlât avec une femme ; cependant personne ne lui dit : « Que cherches-tu ? » ou : « Pourquoi lui parles-tu ? » La femme alors, abandonnant sa cruche, s'en fut à la ville et dit aux gens : « Venez donc voir un homme qui m'a dit tout ce que j'ai fait. Ne serait-il pas le Christ ? » Ils sortirent de la ville et allèrent vers lui. Entre-temps, les disciples le pressaient : « Rabbi, mange donc. » Mais il leur dit :

« J'ai à manger une nourriture que vous ne connaissez pas. » Sur quoi les disciples se dirent entre eux : « Quelqu'un lui aurait-il donné à manger ? » Jésus leur dit : « Ma nourriture, c'est de faire la volonté de celui qui m'a envoyé et d'accomplir son œuvre. Ne dites-vous pas vous-mêmes : "Encore quatre mois et viendra la moisson" ? Mais moi je vous dis : "levez les yeux et regardez ; déjà les champs sont blancs pour la moisson ! Déjà le moissonneur reçoit son salaire et amasse du fruit pour la vie éternelle, si bien que celui qui sème et celui qui moissonne se réjouissent ensemble". Car en ceci le proverbe est vrai, qui dit : "L'un sème, l'autre moissonne." Je vous ai envoyés moissonner ce qui ne vous a coûté aucune peine ; d'autres ont peiné et vous avez pénétré dans ce qui leur a coûté tant de peine. » Beaucoup de Samaritains de cette ville avaient cru en lui à cause de la parole de la femme qui attestait : « Il m'a dit tout ce que j'ai fait. » Aussi lorsqu'ils furent arrivés près de lui, les Samaritains le prièrent de demeurer parmi eux. Et il y demeura deux jours. Bien plus nombreux encore furent ceux qui crurent à cause de sa parole à lui ; et ils disaient à la femme : « Ce n'est plus seulement à cause de tes dires que nous croyons ; nous l'avons entendu nous-mêmes et nous savons qu'il est vraiment le Sauveur du monde. »

## Le sermon sur la montagne
(Matthieu 5-7)

### 1. Les Béatitudes
(Matthieu 5, 1-12)

À la vue des foules, Jésus monta dans la montagne. Il s'assit, et ses disciples s'approchèrent de lui. Et, prenant la parole, il les enseignait :

« Heureux les pauvres de cœur :
le Royaume des cieux est à eux.
Heureux les doux : ils auront la terre en partage.
Heureux ceux qui pleurent : ils seront consolés.
Heureux ceux qui ont faim et soif de la justice : ils seront rassasiés.
Heureux les miséricordieux : il leur sera fait miséricorde.
Heureux les cœurs purs : ils verront Dieu.

Heureux ceux qui font œuvre de paix : ils seront appelés fils de Dieu.
Heureux ceux qui sont persécutés pour la justice : le Royaume des cieux est à eux.
Heureux êtes-vous lorsque l'on vous insulte, que l'on vous persécute et que l'on dit faussement contre vous toute sorte de mal à cause de moi. Soyez dans la joie et l'allégresse, car votre récompense est grande dans les cieux ; c'est ainsi en effet qu'on a persécuté les prophètes qui vous ont précédés. »

## 2. Le sel de la terre et la lumière du monde
(Matthieu 5, 13-16)

« Vous êtes le sel de la terre ! Si le sel perd sa saveur, comment redeviendra-t-il du sel ? Il ne vaut plus rien ; on le jette dehors et il est foulé aux pieds par les hommes.

« Vous êtes la lumière du monde. Une ville située sur une hauteur ne peut être cachée. Quand on allume une lampe, ce n'est pas pour la mettre sous le boisseau, mais sur son support et elle brille pour tous ceux qui sont dans la maison. De même, que votre lumière brille aux yeux des hommes, pour qu'en voyant vos bonnes actions ils rendent gloire à votre Père qui est aux cieux. »

## 3. Le respect de la Loi
(Matthieu 5, 17-20)

« N'allez pas croire que je sois venu abroger la Loi ou les Prophètes : je ne suis pas venu abroger, mais accomplir. Car, en vérité je vous le déclare, avant que ne passent le ciel et la terre, pas un *i*, pas un point sur l'*i* ne passera de la loi, que tout ne soit arrivé. Dès lors celui qui transgressera un seul de ces plus petits commandements et enseignera aux hommes à faire de même sera déclaré le plus petit dans le Royaume des cieux ; au contraire, celui qui les mettra en pratique et les enseignera, celui-là sera déclaré grand dans le Royaume des cieux. Car je vous le dis : si votre justice ne surpasse pas celle des scribes et des Pharisiens, non, vous n'entrerez pas dans le Royaume des cieux. »

## 4. La nouvelle justice
(Matthieu 5, 21-26)

« Vous avez appris qu'il a été dit aux anciens : "*Tu ne commettras pas de meurtre*" ; celui qui commettra un meurtre en répondra au tribunal. Et moi je vous le dis : quiconque se met en colère contre son frère en répondra au tribunal ; celui qui dira à son frère : "Imbécile" sera justiciable du sanhédrin ; celui qui dira : "Fou" sera passible de la géhenne de feu. Quand donc tu vas présenter ton offrande à l'autel, si là tu te souviens que ton frère a quelque chose contre toi, laisse là ton offrande, devant l'autel, et va d'abord te réconcilier avec ton frère ; viens alors présenter ton offrande. Mets-toi vite d'accord avec ton adversaire, tant que tu es encore en chemin avec lui, de peur que cet adversaire ne te livre au juge, le juge au gendarme, et que tu ne sois jeté en prison. En vérité, je te le déclare : tu n'en sortiras pas tant que tu n'auras pas payé jusqu'au dernier centime.

« Vous avez appris qu'il a été dit : "*Tu ne commettras pas d'adultère*". Et moi, je vous dis : quiconque regarde une femme avec convoitise a déjà, dans son cœur, commis l'adultère avec elle.

« Si ton œil droit entraîne ta chute, arrache-le et jette-le loin de toi : car il est préférable pour toi que périsse un seul de tes membres et que ton corps tout entier ne soit pas jeté dans la géhenne. Et si ta main droite entraîne ta chute, coupe-la et jette-la loin de toi : car il est préférable pour toi que périsse un seul de tes membres et que ton corps tout entier ne s'en aille pas dans la géhenne.

D'autre part il a été dit : "*Si quelqu'un répudie sa femme, qu'il lui remette un certificat de répudiation*". Et moi, je vous dis : quiconque répudie sa femme – sauf en cas d'union illégale – la pousse à l'adultère ; et si quelqu'un épouse une répudiée, il est adultère.

« Vous avez encore appris qu'il a été dit aux anciens : "*Tu ne te parjureras pas*, mais *tu t'acquitteras envers le Seigneur de tes serments.*" Et moi je vous dis de ne pas jurer du tout : ni *par le ciel* car *c'est le trône de Dieu*, ni *par la terre* car c'est *l'escabeau de ses pieds*, ni par Jérusalem car c'est *la Ville du grand Roi*. Ne jure pas non plus par ta tête, car tu ne peux en rendre un seul cheveu blanc ou noir. Quand vous parlez, dites "Oui" ou "Non" : tout le reste vient du Malin.

« Vous avez appris qu'il a été dit : "*Œil pour œil et dent pour dent*". Et moi, je vous dis de ne pas résister au méchant. Au contraire, si quelqu'un te gifle sur la joue droite, tends-lui aussi l'autre. À qui veut te mener devant le juge, pour prendre ta tunique, laisse aussi ton manteau. Si quelqu'un te force à faire mille pas, fais-en deux mille avec lui. À qui te demande, donne ; à qui veut t'emprunter, ne tourne pas le dos.

« Vous avez appris qu'il a été dit : "*Tu aimeras ton prochain*" et tu haïras ton ennemi. Et moi, je vous dis : "Aimez vos ennemis et priez pour ceux qui vous persécutent, afin d'être vraiment les fils de votre Père qui est aux cieux, car il fait lever son soleil sur les méchants et sur les bons et tomber la pluie sur les justes et les injustes. Car si vous aimez ceux qui vous aiment, quelle récompense allez-vous en avoir ? Les collecteurs d'impôts eux-mêmes n'en font-ils pas autant ? Et si vous saluez seulement vos frères, que faites-vous d'extraordinaire ? Les païens n'en font-ils pas autant ? Vous donc, *vous serez parfaits* comme votre Père céleste est parfait." »

## 5. Faire l'aumône en secret
(Matthieu 6, 1-4)

« Gardez-vous de pratiquer votre religion devant les hommes pour attirer leurs regards ; sinon, pas de récompense pour vous auprès de votre Père qui est aux cieux. Quand donc tu fais l'aumône, ne le fais pas claironner devant toi, comme font les hypocrites dans les synagogues et dans les rues, en vue de la gloire qui vient des hommes. En vérité, je vous le déclare : ils ont reçu leur récompense. Pour toi, quand tu fais l'aumône, que ta main gauche ignore ce que fait ta main droite, afin que ton aumône reste dans le secret ; et ton Père, qui voit dans le secret, te le rendra. »

## 6. Prier en secret
(Matthieu 6, 5-8)

« Et quand vous priez, ne soyez pas comme les hypocrites qui aiment faire leurs prières debout dans les synagogues et les carrefours, afin d'être vus des hommes. En vérité, je vous le déclare : ils ont reçu leur récompense. Pour toi, quand tu veux prier, entre dans ta chambre la plus retirée, verrouille ta porte et adresse ta prière à ton Père qui est là dans le secret. Et ton Père, qui voit dans le secret, te le rendra. Quand vous priez, ne rabâchez pas, comme les païens ; ils s'imaginent que c'est à force de paroles qu'ils se feront exaucer. Ne leur ressemblez donc pas, car votre Père sait ce dont vous avez besoin, avant que vous le lui demandiez. »

### 7. Le Notre-Père
(Matthieu 6, 9-14)

« Vous donc, priez ainsi :
Notre Père qui es aux cieux,
fais connaître à tous qui tu es,
fais venir ton Règne,
fais se réaliser ta volonté
sur la terre à l'image du ciel.
Donne-nous aujourd'hui le pain dont nous avons besoin,
pardonne-nous nos torts envers toi, comme nous-mêmes nous avons pardonné à ceux qui avaient des torts envers nous,
et ne nous conduis pas dans la tentation,
mais délivre-nous du Tentateur.

« En effet, si vous pardonnez aux hommes leurs fautes, votre Père céleste vous pardonnera à vous aussi ; mais si vous ne pardonnez pas aux hommes, votre Père non plus ne vous pardonnera pas vos fautes. »

### 8. Jeûner en secret
(Matthieu 6, 16-18)

« Quand vous jeûnez ne prenez pas un air sombre, comme font les hypocrites : ils prennent une mine défaite pour bien montrer aux hommes qu'ils jeûnent. En vérité, je vous le déclare : ils ont reçu leur récompense. Pour toi, quand tu jeûnes, parfume-toi la tête et lave-toi le visage, pour ne pas montrer aux hommes que tu jeûnes, mais seulement à ton Père qui est là dans le secret ; et ton Père, qui voit dans le secret, te le rendra. »

### 9. Le vrai trésor
(Matthieu 6, 19-21)

« Ne vous amassez pas de trésors sur la terre, où les mites et les vers font tout disparaître, où les voleurs percent les murs et dérobent. Mais amassez-vous des trésors dans le ciel, où ni les mites ni les vers ne font de ravages, où les voleurs ne percent ni ne dérobent. Car où est ton trésor, là aussi sera ton cœur. »

## 10. L'œil, lampe du corps
(Matthieu 6, 22-23)

« La lampe du corps, c'est l'œil. Si donc ton œil est sain, ton corps tout entier sera dans la lumière. Mais si ton œil est malade, ton corps tout entier sera dans les ténèbres. Si donc la lumière qui est en toi est ténèbres, quelles ténèbres ! »

## 11. Dieu et l'argent
(Matthieu 6, 24)

« Nul ne peut servir deux maîtres : ou bien il haïra l'un et aimera l'autre, ou bien il s'attachera à l'un et méprisera l'autre. Vous ne pouvez servir Dieu et l'argent. »

## 12. S'abandonner à la Providence
(Matthieu 6, 25-34)

« Voilà pourquoi je vous dis : "Ne vous inquiétez pas pour votre vie de ce que vous mangerez, ni pour votre corps de quoi vous le vêtirez." La vie n'est-elle pas plus que la nourriture, et le corps plus que le vêtement ? Regardez les oiseaux du ciel : ils ne sèment ni ne moissonnent, ils n'amassent point dans des greniers ; et votre Père céleste les nourrit ! Ne valez-vous pas beaucoup plus qu'eux ? Et qui d'entre vous peut, par son inquiétude, prolonger tant soit peu son existence ? Et du vêtement, pourquoi vous inquiéter ? Observez les lis des champs, comme ils croissent : ils ne peinent ni ne filent, et je vous le dis, Salomon lui-même, dans toute sa gloire, n'a jamais été vêtu comme l'un d'eux ! Si Dieu habille ainsi l'herbe des champs, qui est là aujourd'hui et qui demain sera jetée au feu, ne fera-t-il pas bien plus pour vous, gens de peu de foi ! Ne vous inquiétez donc pas, en disant : "Qu'allons-nous manger ? qu'allons-nous boire ? de quoi allons-nous nous vêtir ?" – tout cela, les païens le recherchent sans répit –, il sait bien, votre Père céleste, que vous avez besoin de toutes ces choses. Cherchez d'abord le Royaume et la justice de Dieu, et tout cela vous sera donné par surcroît. Ne vous inquiétez donc pas pour le lendemain : le lendemain s'inquiétera de lui-même. À chaque jour suffit sa peine. »

## 13. Ne pas juger
(Matthieu 7, 1-5)

« Ne vous posez pas en juge, afin de n'être pas jugés ; car c'est de la façon dont vous jugez qu'on vous jugera, et c'est la mesure dont vous vous servez qui servira de mesure pour vous. Qu'as-tu à regarder la paille qui est dans l'œil de ton frère ? Et la poutre qui est dans ton œil, tu ne la remarques pas ? Ou bien, comment vas-tu dire à ton frère : “Attends ! que j'ôte la paille de ton œil” ? Seulement voilà : la poutre est dans ton œil ! Homme au jugement perverti, ôte d'abord la poutre de ton œil, et alors tu verras clair pour ôter la paille de l'œil de ton frère. »

## 14. Ne pas profaner les choses saintes
(Matthieu 7, 6)

« Ne donnez pas aux chiens ce qui est sacré, ne jetez pas vos perles aux porcs, de peur qu'ils ne les piétinent et que, se retournant, ils ne vous déchirent. »

## 15. L'efficacité de la prière
(Matthieu 7, 7-11)

« Demandez, on vous donnera ; cherchez, vous trouverez ; frappez, on vous ouvrira. En effet, quiconque demande reçoit, qui cherche trouve, à qui frappe on ouvrira. Ou encore, qui d'entre vous, si son fils lui demande du pain, lui donnera une pierre ? Ou s'il demande un poisson, lui donnera-t-il un serpent ? Si donc vous, qui êtes mauvais, savez donner de bonnes choses à vos enfants, combien plus votre Père qui est aux cieux, donnera-t-il de bonnes choses à ceux qui le lui demandent. »

## 16. La règle d'or
(Matthieu 7, 12)

« Ainsi, tout ce que vous voulez que les hommes fassent pour vous, faites-le vous-mêmes pour eux : c'est la Loi et les Prophètes. »

## 17. La porte étroite
(Matthieu 7, 13-14)

« Entrez par la porte étroite. Large est la porte et spacieux le chemin qui mène à la perdition, et nombreux ceux qui s'y engagent ; combien étroite est la porte et resserré le chemin qui mène à la vie, et peu nombreux ceux qui le trouvent. »

## 18. Les faux prophètes
(Matthieu 7, 15-20)

« Gardez-vous des faux prophètes, qui viennent à vous vêtus en brebis, mais qui au-dedans sont des loups rapaces. C'est à leurs fruits que vous les reconnaîtrez. Cueille-t-on des raisins sur un buisson d'épines, ou des figues sur des chardons ? Ainsi tout bon arbre produit de bons fruits, mais l'arbre malade produit de mauvais fruits. Un bon arbre ne peut pas porter de mauvais fruits, ni un arbre malade porter de bons fruits. Tout arbre qui ne produit pas un bon fruit, on le coupe et on le jette au feu. Ainsi donc, c'est à leurs fruits que vous les reconnaîtrez. »

## 19. Les vrais disciples
(Matthieu 7, 21-23)

« Il ne suffit pas de me dire : "Seigneur, Seigneur !" pour entrer dans le Royaume des cieux ; il faut faire la volonté de mon Père qui est aux cieux. Beaucoup me diront en ce jour-là : "Seigneur, Seigneur ! n'est-ce pas en ton nom que nous avons prophétisé ? en ton nom que nous avons chassé les démons ? en ton nom que nous avons fait de nombreux miracles ?" Alors je leur déclarerai : "Je ne vous ai jamais connus ; *écartez-vous de moi, vous qui commettez l'iniquité !*" »

## 20. Bâtir sur le roc
(Matthieu 7, 24-27)

« Ainsi tout homme qui entend les paroles que je viens de dire et les met en pratique, peut être comparé à un homme avisé qui a bâti sa maison sur le roc. La pluie est tombée, les torrents sont venus, les vents ont soufflé ; ils se sont précipités contre cette maison et elle ne s'est pas écroulée, car ses fondations étaient sur le roc. Et tout homme qui entend les paroles que je viens de dire et ne les met pas en pratique, peut être comparé à un homme insensé qui a bâti sa maison sur le sable. La pluie est tombée, les torrents sont venus, les vents ont soufflé ; ils sont venus battre cette maison, elle s'est écroulée, et grande fut sa ruine. »

### 21. L'autorité de Jésus
(Matthieu 7, 28-29)

Or, quand Jésus eut achevé ces instructions, les foules restèrent frappées de son enseignement ; car il les enseignait en homme qui a autorité et non pas comme leurs scribes.

## Les paraboles

### 1. La parabole du semeur
(Marc 4, 1-9)

De nouveau, Jésus se mit à enseigner au bord de la mer. Une foule se rassemble près de lui, si nombreuse qu'il monte s'asseoir dans une barque, sur la mer. Toute la foule était à terre face à la mer. Et il leur enseignait beaucoup de choses en paraboles. Il leur disait dans son enseignement : « Écoutez. Voici que le semeur est sorti pour semer. Or, comme il semait, du grain est tombé au bord du chemin ; les oiseaux sont venus et ont tout mangé. Il en est aussi tombé dans un endroit pierreux, où il n'y avait pas beaucoup de terre ; il a aussitôt levé parce qu'il n'avait pas de terre en profondeur ; quand le soleil fut monté, il a été brûlé et, faute de racines, il a séché. Il en est aussi tombé dans les épines ; les épines ont monté, elles l'ont étouffé, et il n'a pas donné de fruit. D'autres grains sont tombés dans la bonne terre et, montant et se développant, ils donnaient du fruit, et ils ont rapporté trente pour un, soixante pour un, cent pour un. » Et Jésus disait : « Qui a des oreilles pour entendre, qu'il entende ! »

### 2. Pourquoi parler en paraboles
(Marc 4, 10-13)

Quand Jésus fut à l'écart, ceux qui l'entouraient avec les Douze se mirent à l'interroger sur les paraboles. Et il leur disait : « À vous, le mystère du Règne de Dieu est donné, mais pour ceux du dehors tout devient énigme

pour que, *tout en regardant, ils ne voient pas*
*et* que, *tout en entendant, ils ne comprennent pas*
*de peur qu'ils ne se convertissent et qu'il ne leur soit pardonné.* »

Et il leur dit : « Vous ne comprenez pas cette parabole ! Alors comment comprendrez-vous toutes les paraboles ?

### 3. Explication de la parabole du semeur
(Marc 4, 14-20)

« "Le semeur" sème la Parole. Voilà ceux qui sont "au bord du chemin" où la Parole est semée : quand ils ont entendu, Satan vient aussitôt et il enlève la Parole qui a été semée en eux. De même, voilà ceux qui sont ensemencés "dans des endroits pierreux" : ceux-là, quand ils entendent la Parole, la reçoivent aussitôt avec joie ; mais ils n'ont pas en eux de racines, ils sont les hommes d'un moment ; et dès que vient la détresse ou la persécution à cause de la Parole, ils tombent. D'autres sont ensemencés "dans les épines" : ce sont ceux qui ont entendu la Parole, mais les soucis du monde, la séduction des richesses et les autres convoitises s'introduisent et étouffent la Parole, qui reste sans fruit. Et voici ceux qui ont été ensemencés "dans la bonne terre" : ceux-là entendent la Parole, ils l'accueillent et portent du fruit, "trente pour un, soixante pour un, cent pour un". »

### 4. La parabole de la graine de moutarde
(Marc 4, 30-32)

Il disait : « À quoi allons-nous comparer le Royaume de Dieu, ou par quelle parabole allons-nous le représenter ? C'est comme une graine de moutarde : quand on la sème en terre, elle est la plus petite de toutes les semences du monde ; mais quand on l'a semée, elle monte et devient plus grande que toutes les plantes potagères, et elle pousse de grandes branches, si bien que les oiseaux du ciel peuvent faire leurs nids à son ombre. »

## 5. L'enseignement en paraboles
(Marc 4, 33-34)

Par de nombreuses paraboles de ce genre, il leur annonçait la Parole, dans la mesure où ils étaient capables de l'entendre. Il ne leur parlait pas sans parabole, mais, en particulier, il expliquait tout à ses disciples.

## 6. La parabole du trésor et de la perle
(Matthieu 13, 44-46)

« Le Royaume des cieux est comparable à un trésor qui était caché dans un champ et qu'un homme a découvert : il le cache à nouveau et, dans sa joie, il s'en va, met en vente tout ce qu'il a, et il achète ce champ. Le Royaume des cieux est encore comparable à un marchand qui cherchait des perles fines. Ayant trouvé une perle de grand prix, il s'en est allé vendre tout ce qu'il avait, et il l'a achetée. »

## 7. La parabole du filet
(Matthieu 13, 47-50)

« Le Royaume des cieux est encore comparable à un filet qu'on jette en mer et qui ramène toutes sortes de poissons. Quand il est plein, on le tire sur le rivage, puis on s'assied, on ramasse dans des paniers ce qui est bon et l'on rejette ce qui ne vaut rien. Ainsi en sera-t-il à la fin du monde : les anges surviendront et sépareront les mauvais d'avec les justes, et ils les jetteront dans la fournaise de feu ; là seront les pleurs et les grincements de dents. »

## 8. Conclusion sur les paraboles
(Matthieu 13, 51-52)

« Avez-vous compris tout cela ? — Oui », lui répondent-ils. Et il leur dit : « Ainsi donc, tout scribe instruit du Royaume des cieux est comparable à un maître de maison qui tire de son trésor du neuf et du vieux. »

## 1. Hérode et Jésus
(Marc 6, 14-16)

Le roi Hérode entendit parler de Jésus, car son nom était devenu célèbre. On disait : « Jean le Baptiste est ressuscité des morts ; voilà pourquoi le pouvoir de faire des miracles agit en lui. » D'autres disaient : « C'est Élie. » D'autres disaient : « C'est un prophète semblable à l'un de nos prophètes. » Entendant ces propos, Hérode disait : « Ce Jean que j'ai fait décapiter, c'est lui qui est ressuscité. »

## 2. L'exécution de Jean-Baptiste
(Marc 6, 17-29)

En effet, Hérode avait fait arrêter Jean et l'avait enchaîné en prison, à cause d'Hérodiade, la femme de son frère Philippe, qu'il avait épousée. Car Jean disait à Hérode : « Il ne t'est pas permis de garder la femme de ton frère. » Aussi, Hérodiade le haïssait et voulait le faire mourir, mais elle ne le pouvait pas, car Hérode craignait Jean, sachant que c'était un homme juste et saint, et il le protégeait. Quand il l'avait entendu, il restait fort perplexe ; cependant il l'écoutait volontiers. Mais un jour propice arriva lorsque Hérode, pour son anniversaire, donna un banquet à ses dignitaires, à ses officiers et aux notables de Galilée. La fille de cette Hérodiade vint exécuter une danse et elle plut à Hérode et à ses convives. Le roi dit à la jeune fille : « Demande-moi ce que tu veux et je te le donnerai. » Et il lui fit ce serment : « Tout ce que tu me demanderas, je te le donnerai, serait-ce la moitié de mon royaume. » Elle sortit et dit à sa mère : « Que vais-je demander ? » Celle-ci répondit : « La tête de Jean le Baptiste. » En toute hâte, elle rentra auprès du roi et lui demanda : « Je veux que tu me donnes tout de suite sur un plat la tête de Jean le Baptiste. » Le roi devint triste, mais, à cause de son serment et des convives, il ne voulut pas lui refuser. Aussitôt le roi envoya un garde avec l'ordre d'apporter la tête de Jean. Le garde alla le décapiter dans sa prison, il apporta la tête sur un plat, il la donna à la jeune fille, et la jeune fille la donna à sa mère. Quand ils l'eurent appris, les disciples de Jean vinrent prendre son cadavre et le déposèrent dans un tombeau.

## 1. La tempête apaisée
(Matthieu 8, 23-27)

Il monta dans la barque et ses disciples le suivirent. Et voici qu'il y eut sur la mer une grande tempête, au point que la barque allait être recouverte par les vagues. Lui cependant dormait. Ils s'approchèrent et le réveillèrent en disant : « Seigneur, au secours ! Nous périssons. » Il leur dit : « Pourquoi avez-vous peur, hommes de peu de foi ? » Alors, debout, il menaça les vents et la mer, et il se fit un grand calme. Les hommes s'émerveillèrent, et ils disaient : « Quel est-il, celui-ci, pour que même les vents et la mer lui obéissent ! »

## 2. La multiplication des pains
(Marc 6, 30-44)

Les apôtres se réunissent auprès de Jésus et ils lui rapportèrent tout ce qu'ils avaient fait et tout ce qu'ils avaient enseigné. Il leur dit : « Vous autres ; venez à l'écart dans un lieu désert et reposez-vous un peu. » Car il y avait beaucoup de monde qui venait et repartait, et eux n'avaient pas même le temps de manger. Ils partirent en barque vers un lieu désert, à l'écart. Les gens les virent s'éloigner et beaucoup les reconnurent. Alors, à pied, de toutes les villes, ils coururent à cet endroit et arrivèrent avant eux. En débarquant, Jésus vit une grande foule. Il fut pris de pitié pour eux parce qu'ils étaient comme des brebis qui n'ont pas de berger, et il se mit à leur enseigner beaucoup de choses. Puis, comme il était déjà tard, ses disciples s'approchèrent de lui pour lui dire : « L'endroit est désert et il est déjà tard. Renvoie-les : qu'ils aillent dans les hameaux et les villages des environs s'acheter de quoi manger. » Mais il leur répondit : « Donnez-leur vous-mêmes à manger. » Ils lui disent : « Nous faut-il aller acheter pour deux cents pièces d'argent de pains et leur donner à manger ? » Il leur dit : « Combien avez-vous de pains ? Allez voir ! » Ayant vérifié, ils dirent : « Cinq, et deux poissons. » Et il leur commanda d'installer tout le monde par groupes sur l'herbe verte. Ils s'étendirent par rangées de cent et de cinquante. Jésus prit les cinq pains et les deux poissons et, levant son regard vers le ciel, il prononça la bénédiction, rompit les pains et il les donnait aux disciples pour qu'ils les offrent aux gens. Il partagea aussi les deux poissons entre tous. Ils mangèrent tous et furent rassasiés. Et l'on emporta les morceaux, qui remplissaient douze paniers, et aussi ce qui restait des poissons. Ceux qui avaient mangé les pains étaient cinq mille hommes.

### 3. Jésus marche sur les eaux
(Marc 6, 45-52)

Aussitôt Jésus obligea ses disciples à remonter dans la barque et à le précéder sur l'autre rive, vers Bethsaïda, pendant que lui-même renvoyait la foule. Après l'avoir congédiée, il partit dans la montagne pour prier. Le soir venu, la barque était au milieu de la mer, et lui, seul, à terre. Voyant qu'ils se battaient à ramer contre le vent qui leur était contraire, vers la fin de la nuit, il vient vers eux en marchant sur la mer, et il allait les dépasser. En le voyant marcher sur la mer, ils crurent que c'était un fantôme et ils poussèrent des cris. Car ils le virent tous et ils furent affolés. Mais lui aussitôt leur parla, il leur dit : « Confiance, c'est moi, n'ayez pas peur. » Il monta auprès d'eux dans la barque, et le vent tomba. Ils étaient extrêmement bouleversés. En effet, ils n'avaient rien compris à l'affaire des pains, leur cœur était endurci.

### 4. Jésus, le pain de vie
(Jean 6, 22-59)

Le lendemain, la foule restée sur l'autre rive, se rendit compte qu'il y avait eu là une seule barque et que Jésus n'avait pas accompagné ses disciples dans leur barque ; ceux-ci étaient partis seuls. Toutefois, venant de Tibériade, d'autres barques arrivèrent près de l'endroit où ils avaient mangé le pain après que le Seigneur eut rendu grâce. Lorsque la foule eut constaté que ni Jésus ni ses disciples ne se trouvaient là, les gens montèrent dans les barques et s'en allèrent à Capharnaüm, à la recherche de Jésus. Et quand ils l'eurent trouvé de l'autre côté de la mer, ils lui dirent : « Rabbi, quand es-tu arrivé ici ? » Jésus leur répondit : « En vérité, en vérité, je vous le dis, ce n'est pas parce que vous avez vu des signes que vous me cherchez, mais parce que vous avez mangé des pains à satiété. Il faut vous mettre à l'œuvre pour obtenir non pas cette nourriture périssable, mais la nourriture qui demeure en vie éternelle, celle que le Fils de l'homme vous donnera, car c'est lui que le Père, qui est Dieu, a marqué de son sceau. »

Ils lui dirent alors : « Que nous faut-il faire pour travailler aux œuvres de Dieu ? » Jésus leur répondit : « L'œuvre de Dieu c'est de croire en celui qu'Il a envoyé. » Ils lui répliquèrent : « Mais toi, quel signe fais-tu donc, pour que nous voyions et que nous te croyions ? Quelle est ton œuvre ? Au désert, nos pères ont mangé la manne, ainsi qu'il est écrit : *Il leur a donné à manger un pain qui vient du ciel.* » Mais Jésus leur dit : « En vérité, en vérité, je vous le dis, ce n'est pas Moïse qui vous a donné le pain du ciel, mais c'est mon Père qui vous donne le véritable pain du ciel. Car le pain de Dieu, c'est celui qui descend du ciel et qui donne la vie au monde. »

Ils lui dirent alors : « Seigneur, donne-nous toujours ce pain-là ! » Jésus leur dit : « C'est moi qui suis le pain de vie ; celui qui vient à moi n'aura pas faim ; celui qui croit en moi jamais n'aura soif. Mais je vous l'ai dit : vous avez vu et pourtant vous ne croyez pas. Tous ceux que le Père me donne viendront à moi, et celui qui vient à moi, je ne le rejetterai pas, car je suis descendu du ciel pour faire, non pas ma propre volonté, mais la volonté de celui qui m'a envoyé. Or la volonté de Celui qui m'a envoyé, c'est que je ne perde aucun de ceux qu'il m'a donnés, mais que je les ressuscite au dernier jour. Telle est en effet la volonté de mon Père : que quiconque voit le Fils et croit en lui ait la vie éternelle, et moi, je le ressusciterai au dernier jour. »

Dès lors, les Juifs se mirent à murmurer à son sujet parce qu'il avait dit : « Je suis le pain qui descend du ciel. » Et ils ajoutaient : « N'est-ce pas Jésus, le fils de Joseph ? Ne connaissons-nous pas son père et sa mère ? Comment peut-il déclarer maintenant : "Je suis descendu du ciel" ? » Jésus reprit la parole et leur dit : « Cessez de murmurer entre vous ! Nul ne peut venir à moi si le Père qui m'a envoyé ne l'attire, et moi je le ressusciterai au dernier jour. Dans les prophètes il est écrit : *Tous seront instruits par Dieu*. Quiconque a entendu ce qui vient du Père et reçoit son enseignement vient à moi. C'est que nul n'a vu le Père, si ce n'est celui qui vient de Dieu. Lui, il a vu le Père. En vérité, en vérité, je vous le dis, celui qui croit a la vie éternelle. Je suis le pain de vie. Au désert, vos pères ont mangé la manne, et ils sont morts. Tel est le pain qui descend du ciel, que celui qui en mangera ne mourra pas.

Je suis le pain vivant qui descend du ciel. Celui qui mangera de ce pain vivra pour l'éternité. Et le pain que je donnerai, c'est ma chair, donnée pour que le monde ait la vie. » Sur quoi, les Juifs se mirent à discuter violemment entre eux : « Comment celui-là peut-il nous donner sa chair à manger ? »

Jésus leur dit alors : « En vérité, en vérité, je vous le dis, si vous ne mangez pas la chair du Fils de l'homme et si vous ne buvez pas son sang, vous n'aurez pas en vous la vie. Celui qui mange ma chair et boit mon sang a la vie éternelle, et moi, je le ressusciterai au dernier jour. Car ma chair est vraie nourriture et mon sang vraie boisson. Celui qui mange ma chair et boit mon sang demeure en moi et moi en lui. Et comme le Père qui est vivant m'a envoyé et que je vis par le Père, ainsi celui qui me mangera vivra par moi. Tel est le pain qui est descendu du ciel : il est bien différent de celui que vos pères ont mangé ; ils sont morts, eux, mais celui qui mangera du pain que voici vivra pour l'éternité. » Tels furent les enseignements de Jésus, dans la synagogue, à Capharnaüm.

## Enseignements divers

### 1. La confession et la primauté de Pierre (Matthieu 16, 13-20)

Arrivé dans la région de Césarée de Philippe, Jésus interrogeait ses disciples : « Au dire des hommes, qui est le Fils de l'homme ? » Ils dirent : « Pour les uns, Jean le Baptiste ; pour d'autres, Élie ; pour d'autres encore, Jérémie ou l'un des prophètes. » Il leur dit : « Et vous, qui dites-vous que je suis ? » Prenant la parole, Simon-Pierre répondit : « Tu es le Christ, le Fils du Dieu vivant. » Reprenant alors la parole, Jésus lui déclara : « Heureux es-tu, Simon fils de Jonas, car ce n'est pas la chair et le sang qui t'ont révélé cela, mais mon Père qui est aux cieux. Et moi, je te le déclare : tu es Pierre, et sur cette pierre je bâtirai mon Église, et la Puissance de la mort n'aura pas de force contre elle. Je te donnerai les clefs du Royaume des cieux ; tout ce que tu lieras sur la terre sera lié aux cieux, et tout ce que tu délieras sur la terre sera délié aux cieux. » Alors il commanda sévèrement aux disciples de ne dire à personne qu'il était le Christ.

## 2. La Transfiguration
(Matthieu 17, 1-9)

Six jours après, Jésus prend avec lui Pierre, Jacques et Jean son frère et les emmène à l'écart sur une haute montagne. Il fut transfiguré devant eux : son visage resplendit comme le soleil, ses vêtements devinrent blancs comme la lumière. Et voici que leur apparurent Moïse et Élie qui s'entretenaient avec lui. Intervenant, Pierre dit à Jésus : « Seigneur, il est bon que nous soyons ici ; si tu le veux, je vais dresser ici trois tentes, une pour toi, une pour Moïse, une pour Élie. » Comme il parlait encore, voici qu'une nuée lumineuse les recouvrit. Et voici que, de la nuée, une voix disait : « Celui-ci est mon Fils bien-aimé, celui qu'il m'a plu de choisir. Écoutez-le ! » En entendant cela, les disciples tombèrent la face contre terre, saisis d'une grande crainte. Jésus s'approcha, il les toucha et dit : « Relevez-vous ! soyez sans crainte ! » Levant les yeux, ils ne virent plus que Jésus, lui seul. Comme ils descendaient de la montagne, Jésus leur donna cet ordre : « Ne dites mot à personne de ce qui s'est fait voir de vous, jusqu'à ce que le Fils de l'homme soit ressuscité des morts. »

## 3. Qui est le plus grand ?
(Marc 9, 33-37)

Ils allèrent à Capharnaüm. Une fois à la maison, Jésus leur demandait : « De quoi discutiez-vous en chemin ? » Mais ils se taisaient, car, en chemin, ils s'étaient querellés pour savoir qui était le plus grand. Jésus s'assit et il appela les Douze ; il leur dit : « Si quelqu'un veut être le premier, qu'il soit le dernier de tous et le serviteur de tous. » Et prenant un enfant, il le plaça au milieu d'eux et, après l'avoir embrassé, il leur dit : « Qui accueille en mon nom un enfant comme celui-là, m'accueille moi-même ; et qui m'accueille, ce n'est pas moi qu'il accueille, mais Celui qui m'a envoyé. »

## 4. Contre le scandale
(Marc 9, 42-48)

« Quiconque entraîne la chute d'un seul de ces petits qui croient, il vaut mieux pour lui qu'on lui attache au cou une grosse meule, et qu'on le jette à la mer. Si ta main entraîne ta chute, coupe-la ; il vaut mieux que tu entres manchot dans la vie, que d'aller avec tes deux mains dans la géhenne, dans le feu qui ne s'éteint pas. Si ton pied entraîne ta chute, coupe-le ; il vaut mieux que tu entres estropié dans la vie que d'être jeté avec tes deux pieds dans la géhenne. Et si ton œil entraîne ta chute, arrache-le ; il vaut mieux que tu entres borgne dans le Royaume de Dieu que d'être jeté avec tes deux yeux dans la géhenne, où le ver ne meurt pas et où le feu ne s'éteint pas. »

### 5. Le jeune homme riche
(Marc 10, 17-31)

Comme il se mettait en route, quelqu'un vint en courant et se jeta à genoux devant lui ; il lui demandait : « Bon Maître, que dois-je faire pour recevoir la vie éternelle en partage ? » Jésus lui dit : « Pourquoi m'appelles-tu bon ? Nul n'est bon que Dieu seul. Tu connais les commandements : *tu ne commettras pas de meurtre, tu ne commettras pas d'adultère, tu ne voleras pas, tu ne porteras pas de faux témoignage*, tu ne feras de tort à personne, *honore ton père et ta mère.* » L'homme lui dit : « Maître, tout cela, je l'ai observé dès ma jeunesse. » Jésus le regarda et se prit à l'aimer ; il lui dit : « Une seule chose te manque ; va, ce que tu as, vends-le, donne-le aux pauvres et tu auras un trésor dans le ciel ; puis viens, suis-moi. » Mais à cette parole, il s'assombrit et il s'en alla tout triste, car il avait de grands biens. Regardant autour de lui, Jésus dit à ses disciples : « Qu'il sera difficile à ceux qui ont les richesses d'entrer dans le Royaume de Dieu ! » Les disciples étaient déconcertés par ces paroles. Mais Jésus leur répète : « Mes enfants, qu'il est difficile d'entrer dans le Royaume de Dieu ! Il est plus facile à un chameau de passer par le trou d'une aiguille qu'à un riche d'entrer dans le Royaume de Dieu. » Ils étaient de plus en plus impressionnés ; ils se disaient entre eux : « Alors qui peut être sauvé ? » Fixant sur eux son regard, Jésus dit : « Aux hommes, c'est impossible, mais pas à Dieu, car tout est possible à Dieu. » Pierre se mit à lui dire : « Eh bien ! nous, nous avons tout laissé pour te suivre. » Jésus lui dit : « En vérité, je vous le déclare ; personne n'aura laissé maison, frères, sœurs, mère, père, enfants ou champs à cause de moi et à cause de l'Évangile, sans recevoir au centuple maintenant, en ce temps-ci, maisons, frères, sœurs, mères, enfants, et champs, avec des persécutions, et dans le monde à venir la vie éternelle. Beaucoup de premiers seront derniers et les derniers seront premiers. »

## 6. L'eau vive. L'origine de Jésus
(Jean 7, 37-52)

Le dernier jour de la fête, qui est aussi le plus solennel, Jésus, debout, se mit à proclamer : « Si quelqu'un a soif, qu'il vienne à moi et que boive celui qui croit en moi. Comme l'a dit l'Écriture : "De son sein couleront des fleuves d'eau vive." » Il désignait ainsi l'Esprit que devaient recevoir ceux qui croiraient en lui : en effet, il n'y avait pas encore d'Esprit parce que Jésus n'avait pas encore été glorifié.

Parmi les gens de la foule qui avaient écouté ses paroles, les uns disaient : « Vraiment, voici le Prophète ! » D'autres disaient : « Le Christ, c'est lui. » Mais d'autres encore disaient : « Le Christ pourrait-il venir de la Galilée ? L'Écriture ne dit-elle pas qu'il sera *de la lignée de David* et qu'*il viendra de Bethléem*, la petite cité dont David était originaire ? » C'est ainsi que la foule se divisa à son sujet. Quelques-uns d'entre eux voulurent l'arrêter, mais personne ne mit la main sur lui.

Les gardes revinrent donc vers les grands prêtres et les Pharisiens qui leur dirent : « Pourquoi ne l'avez-vous pas amené ? » Les gardes répondirent : « Jamais homme n'a parlé comme cet homme. » Les Pharisiens leur dirent : « Auriez-vous donc été abusés, vous aussi ? Parmi les notables ou parmi les Pharisiens, en est-il un seul qui ait cru en lui ? Il y a tout juste cette masse qui ne connaît pas la Loi, des gens maudits ! » Mais l'un d'entre les Pharisiens, ce Nicodème qui naguère était allé trouver Jésus, dit : « Notre Loi condamnerait-elle un homme sans l'avoir entendu et sans savoir ce qu'il fait ? » Ils répliquèrent : « Serais-tu de Galilée, toi aussi ? Cherche bien et tu verras que de Galilée il ne sort pas de prophète. »

## 7. La femme adultère
(Jean 7, 53-8, 11)

Ils s'en allèrent chacun chez soi. Et Jésus gagna le mont des Oliviers. Dès le point du jour, il revint au temple et, comme tout le peuple venait à lui, il s'assit et se mit à enseigner. Les scribes et les Pharisiens amenèrent alors une femme qu'on avait surprise en adultère et ils la placèrent au milieu du groupe. « Maître, lui dirent-ils, cette femme a été prise en flagrant délit d'adultère. Dans la Loi, Moïse nous a prescrit de lapider ces femmes-là. Et toi, qu'en dis-tu ? » Ils parlaient ainsi dans l'intention de lui tendre un piège pour avoir de quoi l'accuser. Mais Jésus, se baissant, se mit à tracer du doigt des traits sur le sol. Comme ils continuaient à lui poser des questions, Jésus se redressa et leur dit : « Que celui d'entre vous qui n'a jamais péché lui jette la première pierre. » Et s'inclinant à nouveau, il se remit à tracer des traits sur le sol. Après avoir entendu ces paroles, ils se retirèrent l'un après l'autre, à commencer par les plus âgés, et Jésus resta seul. Comme la femme était toujours là, au milieu du cercle, Jésus se redressa et lui dit : « Femme, où sont-ils donc ? Personne ne t'a condamnée ? » Elle répondit : « Personne, Seigneur » et Jésus lui dit : « Moi non plus, je ne te condamne pas : va, et désormais ne pèche plus. »

### 8. Jésus, lumière du monde
(Jean 8, 12-20)

Jésus, à nouveau, leur adressa la parole : « Je suis la lumière du monde. Celui qui vient à ma suite ne marchera pas dans les ténèbres ; il aura la lumière qui conduit à la vie. » Les Pharisiens lui dirent alors : « Tu te rends témoignage à toi-même ! Ton témoignage n'est pas recevable ! » Jésus leur répondit : « Il est vrai que je me rends témoignage à moi-même, et pourtant mon témoignage est recevable, parce que je sais d'où je viens et où je vais ; tandis que vous, vous ne savez ni d'où je viens ni où je vais. Vous jugez de façon purement humaine. Moi, je ne juge personne ; et s'il m'arrive de juger, mon jugement est conforme à la vérité parce que je ne suis pas seul : il y a aussi Celui qui m'a envoyé. Dans votre propre Loi il est d'ailleurs écrit que le témoignage de deux hommes est recevable. Je me rends témoignage à moi-même, et le Père qui m'a envoyé me rend témoignage lui aussi. » Ils lui dirent alors : « Ton Père, où est-il ? » Jésus répondit : « Vous ne me connaissez pas et vous ne connaissez pas mon Père ; si vous m'aviez connu, vous auriez aussi connu mon Père. » Il prononça ces paroles au lieu dit du Trésor, alors qu'il enseignait dans le Temple. Personne ne mit la main sur lui, parce que son heure n'était pas encore venue.

## 9. Jésus est « Je suis »
(Jean 8, 21-30)

Jésus leur dit encore : « Je m'en vais ; vous me chercherez mais vous mourrez dans votre péché. Là où je vais, vous ne pouvez aller. » Les Juifs dirent alors : « Aurait-il l'intention de se tuer puisqu'il dit : "Là où je vais, vous ne pouvez aller" ? » Jésus leur répondit : « Vous êtes d'en bas ; moi, je suis d'en haut ; vous êtes de ce monde, moi je ne suis pas de ce monde. C'est pourquoi je vous ai dit que vous mourrez dans vos péchés. Si, en effet, vous ne croyez pas que Je Suis, vous mourrez dans vos péchés. » Ils dirent alors : « Toi, qui es-tu ? » Jésus leur répondit : « Ce que je ne cesse de vous dire depuis le commencement. En ce qui vous concerne, j'ai beaucoup à dire et à juger ; mais Celui qui m'a envoyé est véridique, et ce que j'ai entendu auprès de lui, c'est cela que je déclare au monde. » Ils ne comprirent pas qu'il leur avait parlé du Père. Jésus leur dit alors : « Lorsque vous aurez élevé le Fils de l'homme ; vous connaîtrez que "Je Suis" et que je ne fais rien de moi-même ; je dis ce que le Père m'a enseigné. Celui qui m'a envoyé est avec moi : il ne m'a pas laissé seul, parce que je fais toujours ce qui lui plaît. » Alors qu'il parlait ainsi, beaucoup crurent en lui.

## 10. Jésus et Abraham
(Jean 8, 31-59)

Jésus donc dit aux Juifs qui avaient cru en lui : « Si vous demeurez dans ma parole, vous êtes vraiment mes disciples, vous connaîtrez la vérité et la vérité fera de vous des hommes libres. » Ils lui répliquèrent : « Nous sommes la descendance d'Abraham et jamais personne ne nous a réduits en esclavage : comment peux-tu prétendre que nous allons devenir des hommes libres ? » Jésus leur répondit : « En vérité, en vérité, je vous le dis, celui qui commet le péché est esclave du péché. L'esclave ne demeure pas toujours dans la maison ; le fils, lui, y demeure pour toujours. Dès lors, si c'est le Fils qui vous affranchit, vous serez réellement des hommes libres. Vous êtes la descendance d'Abraham, je le sais ; mais parce que ma parole ne pénètre pas en vous, vous cherchez à me faire mourir. Moi, je dis ce que j'ai vu auprès de mon Père, tandis que vous, vous faites ce que vous avez entendu auprès de votre père ! » Ils ripostèrent : « Notre père, c'est Abraham. » Jésus leur dit : « Si vous êtes enfants d'Abraham, faites donc les œuvres d'Abraham. Or, vous cherchez maintenant à me faire mourir, moi qui vous ai dit la vérité que j'ai entendue auprès de Dieu ; cela Abraham ne l'a pas fait. Mais vous, vous faites les œuvres de votre père. » Ils lui répliquèrent : « Nous ne sommes pas nés de la prostitution ! Nous n'avons qu'un seul père, Dieu ! » Jésus leur dit : « Si Dieu était votre père, vous m'auriez aimé, car c'est de Dieu que je suis sorti et que je viens ; je ne suis pas venu de mon propre chef, c'est Lui qui m'a envoyé. Pourquoi ne comprenez-vous pas mon langage ? Parce que vous n'êtes pas capables d'écouter ma parole. Votre père, c'est le diable, et vous avez la volonté de réaliser les désirs de votre père. Dès le commencement il s'est attaché à faire mourir l'homme ; il ne s'est pas tenu dans la vérité parce qu'il n'y a pas en lui de vérité. Lorsqu'il profère le mensonge, il puise dans son propre bien parce qu'il est menteur et père du mensonge. Quant à moi, c'est parce que je dis la vérité que vous ne me croyez pas. Qui de vous me convaincra de péché ? Si je dis la vérité, pourquoi ne me croyez-vous pas ? Celui qui est de Dieu écoute les paroles de Dieu et c'est parce que vous n'êtes pas de Dieu que vous ne m'écoutez pas. » Les Juifs lui répondirent : « N'avons-nous pas raison de dire que tu es un Samaritain et un possédé ? » Jésus leur répliqua : « Non, je ne suis pas un possédé ; mais j'honore mon Père, tandis que vous, vous me déshonorez ! Je n'ai d'ailleurs pas à chercher ma propre gloire : il y a Quelqu'un qui y pourvoit et qui juge. En vérité, en vérité, je vous le dis, si quelqu'un garde ma parole, il ne verra jamais la mort. » Les Juifs lui dirent alors : « Nous savons maintenant que tu es un possédé ! Abraham est mort, et les prophètes aussi, et toi, tu viens dire : "Si quelqu'un garde ma parole, il ne fera jamais l'expérience de la mort." Serais-tu plus grand que notre père Abraham qui est mort ? Et les prophètes aussi sont morts ! Pour qui te prends-tu donc ? » Jésus leur répondit : « Si je me glorifiais moi-même, ma gloire ne signifierait rien. C'est mon Père qui me glorifie, lui dont vous affirmez qu'il est votre Dieu. Vous ne l'avez pas connu tandis que moi, je le connais. Si je disais que je ne le connais pas, je serais, tout comme vous, un menteur ; mais je le connais et je garde sa parole. Abraham, votre père, a exulté à la pensée de voir mon jour : il l'a vu et il a été transporté de joie. » Sur quoi, les Juifs lui dirent : « Tu n'as même pas cinquante ans et tu as vu Abraham ! » Jésus leur répondit : « En vérité, en vérité, je vous le dis, avant qu'Abraham fût, Je Suis. » Alors, ils ramassèrent des pierres pour les lancer contre lui, mais Jésus se déroba et sortit du Temple.

## 11. La parabole du Bon Pasteur
(Jean 10, 1-21)

« En vérité, en vérité, je vous le dis, celui qui n'entre pas par la porte dans l'enclos des brebis mais qui escalade par un autre côté, celui-là est un voleur et un brigand. Mais celui qui entre par la porte est le berger des brebis. Celui qui garde la porte lui ouvre, et les brebis écoutent sa voix ; les brebis qui lui appartiennent, il les appelle, chacune par son nom, et il les emmène dehors. Lorsqu'il les a toutes fait sortir, il marche à leur tête et elles le suivent parce qu'elles connaissent sa voix. Jamais elles ne suivront un étranger ; bien plus, elles le fuiront parce qu'elles ne connaissent pas la voix des étrangers. » Jésus leur dit cette parabole, mais ils ne comprirent pas la portée de ce qu'il disait. Jésus reprit : « En vérité, en vérité, je vous le dis, je suis la porte des brebis. Tous ceux qui sont venus avant moi sont des voleurs et des brigands, mais les brebis ne les ont pas écoutés. Je suis la porte : si quelqu'un entre par moi, il sera sauvé, il ira et viendra et trouvera de quoi se nourrir. Le voleur ne se présente que pour voler, pour tuer et pour perdre ; moi, je suis venu pour que les hommes aient la vie et qu'ils l'aient en abondance.

« Je suis le bon berger : le bon berger se dessaisit de sa vie pour ses brebis. Le mercenaire, qui n'est pas vraiment un berger et à qui les brebis n'appartiennent pas, voit-il venir le loup, il abandonne les brebis et prend la fuite ; et le loup s'en empare et les disperse. C'est qu'il est mercenaire et que peu lui importent les brebis. Je suis le bon berger, je connais mes brebis et mes brebis me connaissent, comme mon Père me connaît et que je connais mon Père ; et je me dessaisis de ma vie pour les brebis. J'ai d'autres brebis qui ne sont pas de cet enclos et celles-là aussi, il faut que je les mène ; elles écouteront ma voix et il y aura un seul troupeau et un seul berger. Le Père m'aime parce que je me dessaisis de ma vie pour la reprendre ensuite. Personne ne me l'enlève mais je m'en dessaisis de moi-même ; j'ai le pouvoir de m'en dessaisir et j'ai le pouvoir de la reprendre : tel est le commandement que j'ai reçu de mon Père. »

Ces paroles provoquèrent à nouveau la division parmi les Juifs. Beaucoup d'entre eux disaient : « Il est possédé, il déraisonne ; pourquoi l'écoutez-vous ? » Mais d'autres disaient : « Ce ne sont pas là propos de possédé ; un démon pourrait-il ouvrir les yeux d'un aveugle ? »

## 12. Jésus fait face à la mort
(Luc 13, 31-33)

À cet instant, quelques Pharisiens s'approchèrent et lui dirent : « Va-t'en, pars d'ici, car Hérode veut te faire mourir. » Il leur dit : « Allez dire à ce renard : "voici, je chasse les démons et j'accomplis des guérisons aujourd'hui et demain, et le troisième jour c'est fini." Mais il me faut poursuivre ma route aujourd'hui et demain et le jour suivant, car il n'est pas possible qu'un prophète périsse hors de Jérusalem. »

## 13. Apostrophe à Jérusalem
(Luc 13, 34-35)

« Jérusalem, Jérusalem, toi qui tues les prophètes et lapides ceux qui te sont envoyés, que de fois j'ai voulu rassembler tes enfants comme une poule rassemble sa couvée sous ses ailes, et vous n'avez pas voulu. Eh bien ! *elle va vous être abandonnée, votre maison*. Et je vous le dis, vous ne me verrez plus jusqu'à ce que vienne le temps où vous direz : *"Béni soit au nom du Seigneur, celui qui vient !"* »

## 14. La mission des soixante-douze disciples
(Luc 10, 1-20)

Après cela, le Seigneur désigna soixante-douze autres disciples et les envoya deux par deux, devant lui dans toute ville et localité où il devait aller lui-même. Il leur dit : « La moisson est abondante, mais les ouvriers peu nombreux. Priez donc le maître de la moisson d'envoyer des ouvriers à sa moisson. Allez ! Voici que je vous envoie comme des agneaux au milieu des loups. N'emportez pas de bourse, pas de sac, pas de sandales, et n'échangez de salutations avec personne en chemin.

« Dans quelque maison que vous entriez, dites d'abord : "Paix à cette maison." Et s'il s'y trouve un homme de paix, votre paix ira reposer sur lui ; sinon, elle reviendra sur vous. Demeurez dans cette maison, mangeant et buvant ce qu'on vous donnera, car le travailleur mérite son salaire. Ne passez pas de maison en maison.

« Dans quelque ville que vous entriez et où l'on vous accueillera, mangez ce qu'on vous offrira. Guérissez les malades qui s'y trouveront, et dites-leur : “Le Règne de Dieu est arrivé jusqu'à vous.” Mais dans quelque ville que vous entriez et où l'on ne vous accueillera pas, sortez sur les places et dites : “Même la poussière de votre ville qui s'est collée à nos pieds, nous l'essuyons pour vous la rendre. Pourtant, sachez-le : le Règne de Dieu est arrivé.”

« Je vous le déclare : ce jour-là, Sodome sera traitée avec moins de rigueur que cette ville-là. Malheureuse es-tu, Chorazin ! Malheureuse es-tu, Bethsaïda ! car si les miracles qui ont eu lieu chez vous avaient eu lieu à Tyr et à Sidon, il y a longtemps qu'elles se seraient converties, vêtues de sacs et assises dans la cendre. Oui, lors du jugement, Tyr et Sidon seront traitées avec moins de rigueur que vous. Et toi, Capharnaüm, *seras-tu élevée jusqu'au ciel ? Tu descendras jusqu'au séjour des morts*.

« Qui vous écoute m'écoute et qui vous repousse me repousse ; mais qui me repousse repousse celui qui m'a envoyé. »

Les soixante-douze disciples revinrent dans la joie, disant : « Seigneur, même les démons nous sont soumis en ton nom. » Jésus leur dit : « Je voyais Satan tomber du ciel comme l'éclair. Voici, je vous ai donné le pouvoir de *fouler aux pieds* serpents et scorpions, et toute la puissance de l'ennemi, et rien ne pourra vous nuire. Pourtant ne vous réjouissez pas de ce que les esprits vous sont soumis, mais réjouissez-vous de ce que vos noms sont inscrits dans les cieux. »

## 15. L'Évangile révélé aux simples
(Luc 10, 21-24)

À l'instant même, il exulta sous l'action de l'Esprit Saint et dit : « Je te loue, Père, Seigneur du ciel et de la terre, d'avoir caché cela aux sages et aux intelligents et de l'avoir révélé aux tout petits. Oui, Père, c'est ainsi que tu en as disposé dans ta bienveillance. Tout m'a été remis par mon Père, et nul ne connaît qui est le Fils, si ce n'est le père, ni qui est le Père, si ce n'est le Fils et celui à qui le Fils veut bien le révéler. »

Puis il se tourna vers les disciples et leur dit en particulier :

« Heureux les yeux qui voient ce que vous voyez ! Car je vous le déclare, beaucoup de prophètes, beaucoup de rois ont voulu voir ce que vous voyez et ne l'ont pas vu, entendre ce que vous entendez et ne l'ont pas entendu. »

## 16. La parabole du Bon Samaritain
(Luc 10, 29-37)

Mais lui, voulant montrer sa justice, dit à Jésus : « Et qui est mon prochain ? » Jésus reprit : « Un homme descendait de Jérusalem à Jéricho, il tomba sur des bandits qui, l'ayant dépouillé et roué de coups, s'en allèrent, le laissant à moitié mort. Il se trouva qu'un prêtre descendait par ce chemin ; il vit l'homme et passa à bonne distance. Un lévite de même arriva en ce lieu ; il vit l'homme et passa à bonne distance. Mais un Samaritain qui était en voyage arriva près de l'homme : il le vit et fut pris de pitié. Il s'approcha, banda ses plaies en y versant de l'huile et du vin, le chargea sur sa propre monture, le conduisit à une auberge et prit soin de lui. Le lendemain, tirant deux pièces d'argent, il les donna à l'aubergiste et lui dit : "Prends soin de lui, et si tu dépenses quelque chose de plus, c'est moi qui te le rembourserai quand je repasserai." Lequel des trois, à ton avis, s'est montré le prochain de l'homme qui était tombé sur les bandits ? » Le légiste répondit : « C'est celui qui a fait preuve de bonté envers lui. » Jésus lui dit : « Va et, toi aussi, fais de même. »

## 17. Marthe et Marie
(Luc 10, 38-42)

Comme ils étaient en route, il entra dans un village et une femme du nom de Marthe le reçut dans sa maison. Elle avait une sœur nommée Marie qui, s'étant assise aux pieds du Seigneur, écoutait sa parole. Marthe s'affairait à un service compliqué. Elle survint et dit : « Seigneur, cela ne te fait rien que ma sœur m'ait laissée seule à faire le service ? Dis-lui donc de m'aider. » Le Seigneur lui répondit : « Marthe, Marthe, tu t'inquiètes et t'agites pour bien des choses. Une seule est nécessaire. C'est bien Marie qui a choisi la meilleure part ; elle ne lui sera pas enlevée. »

## 18. La parabole de l'ami importun
(Luc 11, 5-8)

Jésus leur dit encore : « Si l'un de vous a un ami et qu'il aille le trouver au milieu de la nuit pour lui dire : "Mon ami, prête-moi trois pains, parce qu'un de mes amis m'est arrivé de voyage et je n'ai rien à lui offrir", et si l'autre, de l'intérieur, lui répond : "Ne m'ennuie pas ! Maintenant la porte est fermée ; mes enfants et moi nous sommes couchés ; je ne puis me lever pour te donner du pain", je vous le déclare : même s'il ne se lève pas pour lui en donner parce qu'il est son ami, eh bien, parce que l'autre est sans vergogne, il se lèvera pour lui donner tout ce qu'il lui faut.

## 19. L'efficacité de la prière
(Luc 11, 9-13)

« Eh bien, moi je vous dis : demandez, on vous donnera ; cherchez, vous trouverez ; frappez, on vous ouvrira. En effet quiconque demande reçoit ; qui cherche trouve, et à qui frappe on ouvrira. Quel père parmi vous, si son fils lui demande un poisson, lui donnera un serpent au lieu de poisson ? Ou encore s'il demande un œuf, lui donnera-t-il un scorpion ? Si donc vous, qui êtes mauvais, savez donner de bonnes choses à vos enfants, combien plus le Père céleste donnera-t-il l'Esprit Saint à ceux qui le lui demandent. »

## 20. La lumière de la foi
(Luc 11, 33-36)

« Personne n'allume une lampe pour la mettre dans une cachette, mais on la met sur son support, pour que ceux qui entrent voient la clarté.

« La lampe de ton corps, c'est l'œil. Quand ton œil est sain, ton corps tout entier est aussi dans la lumière ; mais si ton œil est malade, ton corps aussi est dans les ténèbres. Examine donc si la lumière qui est en toi n'est pas ténèbres. Si donc ton corps est tout entier dans la lumière, sans aucune part de ténèbres, il sera dans la lumière tout entier comme lorsque la lampe t'illumine de son éclat. »

## 21. Contre les Pharisiens et les légistes
(Luc 11, 37-53)

Comme il parlait, un Pharisien l'invita à déjeuner chez lui. Il entra et se mit à table. Le Pharisien fut étonné en voyant qu'il n'avait pas d'abord fait une ablution avant le déjeuner.

Le Seigneur lui dit : « Maintenant vous, les Pharisiens, c'est l'extérieur de la coupe et du plat que vous purifiez, mais votre intérieur est rempli de rapacité et de méchanceté. Insensés ! Est-ce que Celui qui fait l'extérieur n'a pas fait aussi l'intérieur ? Donnez plutôt en aumône ce qui est dedans, et alors tout sera pur pour vous.

« Mais malheureux êtes-vous, Pharisiens, vous qui versez la dîme de la menthe, de la rue et de tout ce qui pousse dans le jardin, et qui laissez de côté la justice et l'amour de Dieu. C'est ceci qu'il fallait faire, sans négliger cela. Malheureux êtes-vous, Pharisiens, vous qui aimez le premier siège dans les synagogues et les salutations sur les places publiques. Malheureux, vous qui êtes comme ces tombes que rien ne signale et sur lesquelles on marche sans le savoir. »

Alors un des légistes dit à Jésus : « Maître, en parlant de la sorte, c'est nous aussi que tu insultes. » Il répondit : « Vous aussi, légistes, vous êtes malheureux, vous qui chargez les hommes de fardeaux accablants, et qui ne touchez pas vous-mêmes d'un seul de vos doigts à ces fardeaux. Malheureux, vous qui bâtissez les tombeaux des prophètes, alors que ce sont vos pères qui les ont tués. Ainsi vous témoignez que vous êtes d'accord avec les actes de vos pères, puisque, eux, ils ont tué les prophètes et vous, vous bâtissez leurs tombeaux. C'est pourquoi la Sagesse de Dieu elle-même a dit : je leur enverrai des prophètes et des apôtres ; ils en tueront et persécuteront, afin qu'il soit demandé compte à cette génération du sang de tous les prophètes qui a été versé depuis la fondation du monde, depuis le sang d'Abel jusqu'au sang de Zacharie qui a péri entre l'autel et le sanctuaire. Oui, je vous le déclare, il en sera demandé compte à cette génération. Malheureux êtes-vous, légistes, vous qui avez pris la clé de la connaissance : vous n'êtes pas entrés vous-mêmes, et ceux qui voulaient entrer, vous les en avez empêchés. »

Quand il fut sorti de là, les scribes et les Pharisiens se mirent à s'acharner contre lui et à lui arracher des réponses sur quantité de sujets, lui tendant des pièges pour s'emparer d'un de ses propos.

### Paraboles de l'amour de Dieu

#### 1. Jésus et les pécheurs
(Luc 15, 1-2)

Les collecteurs d'impôts et les pécheurs s'approchaient tous de lui pour l'écouter. Et les Pharisiens et les scribes murmuraient ; ils disaient : « Cet homme-là fait bon accueil aux pécheurs et mange avec eux ! »

#### 2. La parabole de la brebis égarée
(Luc 15, 3-7)

Alors il leur dit cette parabole : « Lequel d'entre vous, s'il a cent brebis et qu'il en perde une, ne laisse pas les quatre-vingt-dix-neuf autres dans le désert pour aller à la recherche de celle qui est perdue jusqu'à ce qu'il l'ait retrouvée ? Et quand il l'a retrouvée, il la charge tout joyeux sur ses épaules, et, de retour à la maison, il réunit ses amis et ses voisins, et leur dit : "Réjouissez-vous avec moi, car je l'ai retrouvée, ma brebis qui était perdue !" Je vous le déclare, c'est ainsi qu'il y aura de la joie dans le ciel pour un seul pécheur qui se convertit, plus que pour quatre-vingt-dix-neuf justes qui n'ont pas besoin de conversion.

#### 3. La parabole de la pièce retrouvée
(Luc 15, 8-10)

« Ou encore, quelle femme, si elle a dix pièces d'argent et qu'elle en perde une, n'allume pas une lampe, ne balaie la maison et ne cherche avec soin jusqu'à ce qu'elle l'ait retrouvée ? Et quand elle l'a retrouvée, elle réunit ses amies et ses voisines, et leur dit : "Réjouissez-vous avec moi, car je l'ai retrouvée, la pièce que j'avais perdue !" C'est ainsi, je vous le déclare, qu'il y a de la joie chez les anges de Dieu pour un seul pécheur qui se convertit. »

## 4. La parabole du fils prodigue
(Luc 15, 11-32)

Il dit encore : « Un homme avait deux fils. Le plus jeune dit à son père : "Père, donne-moi la part de bien qui doit me revenir." Et le père leur partagea son avoir. Peu de jours après, le plus jeune fils, ayant tout réalisé, partit pour un pays lointain et il y dilapida son bien dans une vie de désordre. Quand il eut tout dépensé, une grande famine survint dans ce pays, et il commença à se trouver dans l'indigence. Il alla se mettre au service d'un des citoyens de ce pays qui l'envoya dans ses champs garder les porcs. Il aurait bien voulu se remplir le ventre des gousses que mangeaient les porcs, mais personne ne lui en donnait. Rentrant alors en lui-même, il se dit : "Combien d'ouvriers de mon père ont du pain de reste, tandis que moi, ici, je meurs de faim !" Je vais aller vers mon père et je lui dirai : "Père, j'ai péché envers le ciel et contre toi. Je ne mérite plus d'être appelé ton fils. Traite-moi comme un de tes ouvriers." Il alla vers son père. Comme il était encore loin, son père l'aperçut et fut pris de pitié : il courut se jeter à son cou et le couvrit de baisers. Le fils lui dit : "Père, j'ai péché envers le ciel et contre toi. Je ne mérite plus d'être appelé ton fils..." Mais le père dit à ses serviteurs : "Vite, apportez la plus belle robe, et habillez-le ; mettez-lui un anneau au doigt, des sandales aux pieds. Amenez le veau gras, tuez-le, mangeons et festoyons, car mon fils que voici était mort et il est revenu à la vie, il était perdu et il est retrouvé."

Et ils se mirent à festoyer. Son fils aîné était aux champs. Quand, à son retour, il approcha de la maison, il entendit de la musique et des danses. Appelant un des serviteurs, il lui demanda ce que c'était. Celui-ci lui dit : "C'est ton frère qui est arrivé, et ton père a tué le veau gras parce qu'il l'a vu revenir en bonne santé." Alors il se mit en colère et il ne voulait pas entrer. Son père sortit pour l'en prier ; mais il répliqua à son père : "Voilà tant d'années que je te sers sans avoir jamais désobéi à tes ordres ; et à moi, tu n'as jamais donné un chevreau pour festoyer avec mes amis. Mais quand ton fils que voici est arrivé, lui qui a mangé ton avoir avec des filles, tu as tué le veau gras pour lui !" Alors le père lui dit : "Mon enfant, toi, tu es toujours avec moi, et tout ce qui est à moi est à toi. Mais il fallait festoyer et se réjouir, parce que ton frère que voici était mort et il est vivant, il était perdu et il est retrouvé." »

## 5. La parabole de l'intendant fidèle
(Luc 16, 1-8)

Puis Jésus dit à ses disciples : « Un homme riche avait un gérant qui fut accusé devant lui de dilapider ses biens. Il le fit appeler et lui dit : "Qu'est-ce que j'entends dire de toi ? Rends les comptes de ta gestion, car désormais tu ne pourras plus gérer mes affaires." Le gérant se dit alors en lui-même : "Que vais-je faire, puisque mon maître me retire la gérance ? Bêcher ? Je n'en ai pas la force. Mendier ? J'en ai honte. Je sais ce que je vais faire pour qu'une fois écarté de la gérance, il y ait des gens qui m'accueillent chez eux." Il fit venir alors un par un les débiteurs de son maître et il dit au premier : "Combien dois-tu à mon maître ?" Celui-ci répondit : "Cent jarres d'huile." Le gérant lui dit : "Voici ton reçu, vite, assieds-toi et écris cinquante." Il dit ensuite à un autre : "Et toi, combien dois-tu ?" Celui-ci répondit : "Cent sacs de blé." Le gérant lui dit : "Voici ton reçu et écris quatre-vingts." Et le maître fit l'éloge du gérant trompeur, parce qu'il avait agi avec habileté. En effet, ceux qui appartiennent à ce monde sont plus habiles vis-à-vis de leurs semblables que ceux qui appartiennent à la lumière.

## 6. Le bon usage de l'argent
(Luc 16, 9-15)

« Eh bien ! moi, je vous dis : faites-vous des amis avec l'argent trompeur pour qu'une fois celui-ci disparu, ces amis vous accueillent dans les demeures éternelles.

« Celui qui est digne de confiance pour une toute petite affaire est digne de confiance aussi pour une grande ; et celui qui est trompeur pour une toute petite affaire est trompeur aussi pour une grande. Si donc vous n'avez pas été dignes de confiance pour l'argent trompeur, qui vous confiera le bien véritable ? Et si vous n'avez pas été dignes de confiance pour ce qui vous est étranger, qui vous donnera ce qui est à vous ?

« Aucun domestique ne peut servir deux maîtres : ou bien il haïra l'un et aimera l'autre, ou bien il s'attachera à l'un et méprisera l'autre. Vous ne pouvez servir Dieu et l'argent. »

Les Pharisiens, qui aimaient l'argent, écoutaient tout cela, et ils ricanaient à son sujet. Jésus leur dit : « Vous, vous montrez votre justice aux yeux des hommes, mais Dieu connaît vos cœurs : ce qui pour les hommes est supérieur est une horreur aux yeux de Dieu. »

## 7. La parabole du mauvais riche et de Lazare (Luc 16, 19-31)

« Il y avait un homme riche qui s'habillait de pourpre et de linge fin et qui faisait chaque jour de brillants festins. Un pauvre du nom de Lazare gisait couvert d'ulcères au porche de sa demeure. Il aurait bien voulu se rassasier de ce qui tombait de la table du riche ; mais c'étaient plutôt les chiens qui venaient lécher ses ulcères.

« Or le pauvre mourut et fut emporté par les anges au côté d'Abraham ; le riche mourut aussi et fut enterré. Au séjour des morts, comme il était à la torture, il leva les yeux et vit de loin Abraham avec Lazare à ses côtés. Alors il s'écria : "Abraham, mon père, aie pitié de moi et envoie Lazare tremper le bout de son doigt dans l'eau pour me rafraîchir la langue car je souffre le supplice dans ces flammes." Abraham lui dit : "Mon enfant, souviens-toi que tu as reçu ton bonheur durant ta vie, comme Lazare le malheur ; et maintenant il trouve ici la consolation, et toi la souffrance. De plus, entre vous et nous, il a été disposé un grand abîme pour que ceux qui voudraient passer d'ici vers vous ne le puissent pas et que, de là non plus, on ne traverse pas vers nous."

« Le riche dit : "Je te prie alors, père, d'envoyer Lazare dans la maison de mon père, car j'ai cinq frères. Qu'il les avertisse pour qu'ils ne viennent pas, eux aussi, dans ce lieu de torture." Abraham lui dit : "Ils ont Moïse et les prophètes, qu'ils les écoutent." L'autre reprit : "Non, Abraham, mon père, mais si quelqu'un vient à eux de chez les morts, ils se convertiront." Abraham lui dit : "S'ils n'écoutent pas Moïse, ni les prophètes, même si quelqu'un ressuscite des morts, ils ne seront pas convaincus." »

## 8. La parabole du Pharisien et du collecteur d'impôts (Luc 18, 9-14)

Il dit encore la parabole que voici à certains qui étaient convaincus d'être justes et qui méprisaient tous les autres : « Deux hommes montèrent au temple pour prier ; l'un était pharisien et l'autre collecteur d'impôts. Le Pharisien, debout, priait ainsi en lui-même : "Ô Dieu, je te rends grâce de ce que je ne suis pas comme les autres hommes, qui sont voleurs, malfaisants, adultères, ou encore comme ce collecteur d'impôts. Je jeûne deux fois par semaine, je paie la dîme de tout ce que je me procure." Le collecteur d'impôts, se tenant à distance, ne voulait même pas lever les yeux au ciel, mais il se frappait la poitrine en disant : "Ô Dieu, prends pitié du pécheur que je suis." Je vous le déclare : celui-ci redescendit chez lui justifié, et non l'autre, car tout homme qui s'élève sera abaissé, mais celui qui s'abaisse sera élevé. »

## 9. L'exemple des petits enfants
(Luc 18, 15-17)

Des gens lui amenaient même les bébés pour qu'il les touche. Voyant cela, les disciples les rabrouaient. Mais Jésus fit venir à lui les bébés en disant : « Laissez les enfants venir à moi ; ne les empêchez pas, car le Royaume de Dieu est à ceux qui sont comme eux. En vérité, je vous le déclare, qui n'accueille pas le Royaume de Dieu comme un enfant n'y entrera pas. »

## 10. La parabole des ouvriers de la onzième heure
(Luc 20, 1-15)

« Le Royaume des cieux est comparable, en effet, à un maître de maison qui sortit de grand matin, afin d'embaucher des ouvriers pour sa vigne. Il convint avec les ouvriers d'une pièce d'argent pour la journée et les envoya à sa vigne. Sorti vers la troisième heure, il en vit d'autres qui se tenaient sur la place, sans travail, et il leur dit : "Allez, vous aussi, à ma vigne, et je vous donnerai ce qui est juste." Ils y allèrent. Sorti de nouveau vers la sixième heure, puis vers la neuvième, il fit de même. Vers la onzième heure, il sortit encore, en trouva d'autres qui se tenaient là et leur dit : "Pourquoi êtes-vous restés là tout le jour, sans travail ?" "C'est que, lui disent-ils, personne ne nous a embauchés." Il leur dit : "Allez, vous aussi, à ma vigne." Le soir venu, le maître de la vigne dit à son intendant : "Appelle les ouvriers, et remets à chacun son salaire, en commençant par les derniers pour finir par les premiers." Ceux de la onzième heure vinrent donc et reçurent chacun une pièce d'argent. Les premiers, venant à leur tour, pensèrent qu'ils allaient recevoir davantage mais ils reçurent, eux aussi, chacun une pièce d'argent. En la recevant, ils murmuraient contre le maître de maison. "Ces derniers venus, disaient-ils, n'ont travaillé qu'une heure, et tu les traites comme nous, qui avons supporté le poids du jour et la grosse chaleur." Mais il répliqua à l'un d'eux : "Mon ami, je ne te fais pas de tort ; n'es-tu pas convenu avec moi d'une pièce d'argent ? Emporte ce qui est à toi et va-t'en. Je veux donner à ce dernier autant qu'à toi. Ne m'est-il pas permis de faire ce que je veux de mon bien ? Ou alors ton œil est-il mauvais parce que je suis bon ?" Ainsi les derniers seront premiers et les premiers seront derniers. »

## À Béthanie

### 1. La résurrection de Lazare
(Jean 11, 1-44)

Il y avait un homme malade ; c'était Lazare de Béthanie, le village de Marie et de sa sœur Marthe. Il s'agit de cette même Marie qui avait oint le Seigneur d'une huile parfumée et lui avait essuyé les pieds avec ses cheveux ; c'était son frère Lazare qui était malade. Les sœurs envoyèrent dire à Jésus : « Seigneur, celui que tu aimes est malade. »

Dès qu'il l'apprit, Jésus dit : « Cette maladie n'aboutira pas à la mort, elle servira à la gloire de Dieu : c'est par elle que le Fils de Dieu doit être glorifié. » Or Jésus aimait Marthe et sa sœur et Lazare. Cependant, alors qu'il savait Lazare malade, il demeura deux jours encore à l'endroit où il se trouvait. Après quoi seulement, il dit aux disciples : « Retournons en Judée. » Les disciples lui dirent : « Rabbi, tout récemment encore les Juifs cherchaient à te lapider ; et tu veux retourner là-bas ? » Jésus répondit : « N'y a-t-il pas douze heures de jour ? Si quelqu'un marche de jour, il ne trébuche pas parce qu'il voit la lumière de ce monde ; mais si quelqu'un marche de nuit, il trébuche parce que la lumière n'est pas en lui. »

Après avoir prononcé ces paroles, il ajouta : « Notre ami Lazare s'est endormi, mais je vais aller le réveiller. » Les disciples lui dirent donc : « Seigneur, s'il s'est endormi, il sera sauvé. » En fait, Jésus avait voulu parler de la mort de Lazare, alors qu'ils se figuraient, eux, qu'il parlait de l'assoupissement du sommeil. Jésus leur dit alors ouvertement : « Lazare est mort, et je suis heureux pour vous de n'avoir pas été là, afin que vous croyiez. Mais allons à lui ! » Alors Thomas, celui que l'on appelle Didyme, dit aux autres disciples : « Allons, nous aussi, et nous mourrons avec lui. »

À son arrivée, Jésus trouva Lazare au tombeau ; il y était depuis quatre jours déjà. Comme Béthanie est distante de Jérusalem d'environ quinze stades, beaucoup de Juifs étaient venus chez Marthe et Marie pour les consoler au sujet de leur frère. Lorsque Marthe apprit que Jésus arrivait, elle alla au-devant de lui, tandis que Marie était assise dans la maison. Marthe dit à Jésus : « Seigneur, si tu avais été ici, mon frère ne serait pas mort. Mais maintenant encore, je sais que tout ce que tu demanderas à Dieu, Dieu te le donnera. » Jésus lui dit : « Ton frère ressuscitera. » « Je sais, répondit-elle, qu'il ressuscitera lors de la résurrection, au dernier jour. » Jésus lui dit : « Je suis la Résurrection et la Vie : celui qui croit en moi, même s'il meurt, vivra ; et quiconque vit et croit en moi ne mourra jamais. Crois-tu cela ? » « Oui, Seigneur, répondit-elle, je crois que tu es le Christ, le Fils de Dieu, Celui qui vient dans le monde. » Là-dessus, elle partit appeler sa sœur Marie et lui dit tout bas : « Le Maître est là et il t'appelle. » À ces mots, Marie se leva immédiatement et alla vers lui. Jésus, en effet, n'était pas encore entré dans le village ; il se trouvait toujours à l'endroit où Marthe l'avait rencontré. Les Juifs étaient avec Marie dans la maison et ils cherchaient à la consoler. Ils la virent se lever soudain pour sortir, ils la suivirent : ils se figuraient qu'elle se rendait au tombeau pour s'y lamenter. Lorsque Marie parvint à l'endroit où se trouvait Jésus, dès qu'elle le vit, elle tomba à ses pieds et lui dit : « Seigneur, si tu avais été ici, mon frère ne serait pas mort. » Lorsqu'il les vit se lamenter, elle et les Juifs qui l'accompagnaient, Jésus frémit intérieurement et il se troubla. Il dit : « Où l'avez-vous déposé ? » Ils répondirent : « Seigneur, viens voir. » Alors Jésus pleura ; et les Juifs disaient : « Voyez comme il l'aimait ! » Mais quelques-uns d'entre eux dirent : « Celui qui a ouvert les yeux de l'aveugle n'a pas été capable d'empêcher Lazare de mourir. » Alors, à nouveau Jésus frémit intérieurement et il s'en fut au tombeau ; c'était une grotte dont une pierre recouvrait l'entrée. Jésus dit alors : « Enlevez cette pierre. » Marthe, la sœur du défunt, lui dit : « Seigneur, il doit déjà sentir... Il y a en effet quatre jours... » Mais Jésus lui répondit : « Ne t'ai-je pas dit que, si tu crois, tu verras la gloire de Dieu ? » On ôta donc la pierre. Alors, Jésus leva les yeux et dit : « Père, je te rends grâce de ce que tu m'as exaucé. Certes, je savais bien que tu m'exauces toujours, mais j'ai parlé à cause de cette foule qui m'entoure, afin qu'ils croient que tu m'as envoyé. » Ayant ainsi parlé, il cria d'une voix forte : « Lazare, sors ! » Et celui qui avait été mort sortit, les pieds et les mains attachés par des bandes, et le visage enveloppé d'un linge. Jésus dit aux gens : « Déliez-le et laissez-le aller ! »

## 2. Les chefs juifs décident la mort de Jésus
(Jean 11, 45-54)

Beaucoup de ces Juifs qui étaient venus auprès de Marie et qui avaient vu ce que Jésus avait fait, crurent en lui. Mais d'autres s'en allèrent trouver les Pharisiens et leur racontèrent ce que Jésus avait fait. Les grands prêtres et les Pharisiens réunirent alors un conseil et dirent : « Que faisons-nous ? Cet homme opère beaucoup de signes. Si nous le laissons continuer ainsi, tous croiront en lui, les Romains interviendront et ils détruiront et notre saint Lieu et notre nation. » L'un d'entre eux, Caïphe, qui était Grand Prêtre en cette année-là, dit : « Vous n'y comprenez rien et vous ne percevez même pas que c'est votre avantage qu'un seul homme meure pour le peuple et que la nation ne périsse pas tout entière. » Ce n'est pas de lui-même qu'il prononça ces paroles, mais, comme il était Grand Prêtre en cette année-là, il fit cette prophétie qu'il fallait que Jésus meure pour la nation et non seulement pour elle, mais pour réunir dans l'unité les enfants de Dieu qui sont dispersés. C'est ce jour-là donc qu'ils décidèrent de le faire périr. De son côté, Jésus s'abstint désormais d'aller et de venir ouvertement parmi les Juifs : il se retira dans la région proche du désert, dans une ville nommée Éphraïm, où il séjourna avec ses disciples.

## 3. L'approche de la Pâque
(Jean 11, 55-57)

Cependant la Pâque des Juifs était proche. À la veille de cette Pâque, beaucoup de gens montèrent de la campagne à Jérusalem pour se purifier. Ils cherchaient Jésus et, dans le temple où ils se tenaient, ils se disaient entre eux : « Qu'en pensez-vous ? Jamais il ne viendra à la fête ! » Les grands prêtres et les Pharisiens avaient donné des ordres : quiconque saurait où il était devait le dénoncer afin qu'on se saisisse de lui.

## 4. L'onction de Béthanie
(Jean 12, 1-11)

Six jours avant la Pâque, Jésus arriva à Béthanie où se trouvait Lazare qu'il avait relevé d'entre les morts. On y offrit un dîner en son honneur : Marthe servait tandis que Lazare se trouvait parmi les convives. Marie prit alors une livre d'un parfum de nard pur de grand prix ; elle oignit les pieds de Jésus, les essuya avec ses cheveux et la maison fut remplie de ce parfum. Alors Judas Iscariote, l'un de ses disciples, celui-là même qui allait le livrer, dit : « Pourquoi n'a-t-on pas vendu ce parfum trois cents deniers, pour les donner aux pauvres ? » Il parla ainsi, non qu'il eût souci des pauvres, mais parce qu'il était voleur et que, chargé de la bourse, il dérobait ce qu'on y déposait. Jésus dit alors : « Laisse-la ! Elle observe cet usage en vue de mon ensevelissement. Des pauvres, vous en avez toujours avec vous, mais moi vous ne m'avez pas pour toujours. » Cependant une grande foule de Juifs avaient appris que Jésus était là, et ils arrivèrent non seulement à cause de Jésus lui-même, mais aussi pour voir ce Lazare qu'il avait relevé d'entre les morts. Les grands prêtres dès lors décidèrent de faire mourir aussi Lazare, puisque c'était à cause de lui qu'un grand nombre de Juifs les quittaient et croyaient en Jésus.

# III. LA PASSION

## Les Rameaux

### 1. L'entrée messianique à Jérusalem
(Matthieu 21, 1-11)

Lorsqu'ils approchèrent de Jérusalem et arrivèrent près de Bethphagé, au mont des Oliviers, alors Jésus envoya deux disciples en leur disant : « Allez au village qui est devant vous ; vous trouverez aussitôt une ânesse attachée et un ânon avec elle ; détachez-la et amenez-les-moi. Et si quelqu'un vous dit quelque chose, vous répondrez : "Le Seigneur en a besoin", et il les laissera aller tout de suite. » Cela est arrivé pour que s'accomplisse ce qu'a dit le prophète : « *Dites à la fille de Sion : voici que ton roi vient à toi, humble et monté sur une ânesse et sur un ânon, le petit d'une bête de somme.* » Les disciples s'en allèrent et, comme Jésus le leur avait prescrit, ils amenèrent l'ânesse et l'ânon ; puis ils disposèrent sur eux leurs vêtements, et Jésus s'assit dessus. Le peuple, en foule, étendit ses vêtements sur la route ; certains coupaient des branches aux arbres et en jonchaient la route. Les foules qui marchaient devant lui et celles qui le suivaient, criaient : « *Hosanna* au Fils de David ! *Béni soit au nom du Seigneur Celui qui vient ! Hosanna* au plus haut des cieux ! » Quand Jésus entra dans Jérusalem, toute la ville fut en émoi : « Qui est-ce ? » disait-on ; et les foules répondaient : « C'est le prophète Jésus, de Nazareth en Galilée. »

## 2. La parabole du figuier sans fruits
(Matthieu 21, 18-22)

Comme il revenait à la ville de bon matin, il eut faim. Voyant un figuier près du chemin, il s'en approcha, mais il n'y trouva rien, que des feuilles. Il lui dit : « Jamais plus tu ne porteras de fruit ! » À l'instant même, le figuier sécha. Voyant cela, les disciples furent saisis d'étonnement et dirent : « Comment, à l'instant même, le figuier a-t-il séché ? » Jésus leur répondit : « En vérité, je vous le déclare, si un jour vous avez la foi et ne doutez pas, non seulement vous ferez ce que je viens de faire au figuier, mais même si vous dites cette montagne : "Ôte-toi de là et jette-toi dans la mer", cela se fera. Tout ce que vous demanderez dans la prière avec foi, vous le recevrez. »

## 3. Question des Juifs sur l'autorité de Jésus
(Matthieu 21, 23-27)

Quand il fut entré dans le Temple, les grands prêtres et les anciens du peuple s'avancèrent vers lui pendant qu'il enseignait, et ils lui dirent : « En vertu de quelle autorité fais-tu cela ? Et qui t'a donné cette autorité ? » Jésus leur répondit : « Moi aussi, je vais vous poser une question, une seule ; si vous me répondez, je vous dirai à mon tour en vertu de quelle autorité je fais cela. Le baptême de Jean, d'où venait-il ? Du ciel ou des hommes ? » Ils raisonnèrent en eux-mêmes : « Si nous disons : "Du ciel", il nous dira : "Pourquoi donc n'avez-vous pas cru en lui ?" Et si nous disons : "Des hommes", nous devons redouter la foule, car tous tiennent Jean pour un prophète. » Alors ils répondirent à Jésus : « Nous ne savons pas. » Et lui aussi leur dit : « Moi non plus, je ne vous dis pas en vertu de quelle autorité je fais cela. »

## 4. La parabole des vignerons révoltés
(Matthieu 21, 33-46)

« Écoutez une autre parabole. Il y avait un propriétaire qui *planta une vigne, l'entoura d'une clôture, y creusa un pressoir et bâtit une tour* ; puis il la donna en fermage à des vignerons et partit en voyage. Quand le temps des fruits approcha, il envoya ses serviteurs aux vignerons pour recevoir les fruits qui lui revenaient. Mais les vignerons saisirent ces serviteurs ;

l'un, ils le rouèrent de coups ; un autre, ils le tuèrent ; un autre, ils le lapidèrent. Il envoya encore d'autres serviteurs, plus nombreux que les premiers ; ils les traitèrent de même. Finalement, il leur envoya son fils, en se disant : "Ils respecteront mon fils." Mais les vignerons, voyant le fils, se dirent entre eux : "C'est l'héritier. Venez ! Tuons-le et emparons-nous de l'héritage." Ils se saisirent de lui, le jetèrent hors de la vigne et le tuèrent. Eh bien ! lorsque viendra le maître de la vigne, que fera-t-il à ces vignerons-là ? » Ils lui répondirent : « Il fera périr misérablement ces misérables, et il donnera la vigne en fermage à d'autres vignerons, qui lui remettront les fruits en temps voulu. » Jésus leur dit : « N'avez-vous jamais lu dans les Écritures :

*La pierre qu'ont rejetée les bâtisseurs,*
*c'est elle qui est devenue la pierre angulaire ;*
*c'est là l'œuvre du Seigneur :*
*Quelle merveille à nos yeux.*

Aussi je vous le déclare : le Royaume de Dieu vous sera enlevé, et il sera donné à un peuple qui en produira les fruits. Celui qui tombera sur cette pierre sera brisé, et celui sur qui elle tombera, elle l'écrasera. » En entendant ses paraboles, les grands prêtres et les Pharisiens comprirent que c'était d'eux qu'il parlait. Ils cherchaient à l'arrêter, mais ils eurent peur des foules, car elles le tenaient pour un prophète.

### 5. La parabole du festin nuptial
(Matthieu 22, 1-14)

Et Jésus se remit à leur parler en paraboles : « Il en va du Royaume des cieux comme d'un roi qui fit un festin de noces pour son fils. Il envoya ses serviteurs appeler à la noce les invités. Mais eux ne voulaient pas venir. Il envoya encore d'autres serviteurs chargés de dire aux invités : "Voici, j'ai apprêté mon banquet ; mes taureaux et mes bêtes grasses sont égorgés, tout est prêt, venez aux noces." Mais eux, sans en tenir compte, s'en allèrent, l'un à son champ, l'autre à son commerce ; les autres, saisissant les serviteurs, les maltraitèrent et les tuèrent. Le roi se mit en colère ; il envoya ses troupes, fit périr ces assassins et incendia leur ville. Alors il dit à ses serviteurs : "La noce est prête, mais les invités n'en étaient pas dignes. Allez donc aux places d'où partent les chemins et convoquez à la noce tous ceux que vous trouverez." Ces serviteurs s'en allèrent par les chemins et rassemblèrent tous ceux qu'ils trouvèrent, mauvais et bons. Et la salle de noce fut remplie de convives. Entré pour regarder les convives, le roi aperçut là un homme qui ne portait pas de vêtement de noces. "Mon ami, lui dit-il, comment es-tu entré ici sans avoir de vêtement de noce ?" Celui-ci resta muet. Alors le roi dit aux servants : "Jetez-le, pieds et poings liés, dans les ténèbres du dehors : là seront les pleurs et les grincements de dents." Certes, la multitude est appelée, mais peu sont élus. »

### 6. L'impôt dû à César
(Matthieu 22, 15-22)

Alors les Pharisiens allèrent tenir conseil afin de le prendre au piège en le faisant parler. Ils lui envoient leurs disciples, avec les Hérodiens, pour lui dire : « Maître, nous savons que tu es franc et que tu enseignes les chemins de Dieu en toute vérité, sans te laisser influencer par qui que ce soit, car tu ne tiens pas compte de la condition des gens. Dis-nous donc ton avis : Est-il permis, oui ou non, de payer le tribut à César ? » Mais Jésus, s'apercevant de leur malice, dit : « Hypocrites ! Pourquoi me tendez-vous un piège ? Montrez-moi la monnaie qui sert à payer le tribut. » Ils lui présentèrent une pièce d'argent. Il leur dit : « Cette effigie et cette inscription, de qui sont-elles ? » Ils répondent : « De César. » Alors il leur dit : « Rendez donc à César ce qui est à César, et à Dieu ce qui est à Dieu. » À ces mots, ils furent tout étonnés et, le laissant, ils s'en allèrent.

### 7. La résurrection des morts
(Matthieu 22, 23-33)

Ce jour-là, des Sadducéens s'approchèrent de lui. Les Sadducéens disent qu'il n'y a pas de résurrection. Ils lui posèrent cette question : « Maître, Moïse a dit : "*si quelqu'un meurt sans avoir d'enfants, son frère épousera la veuve, pour donner une descendance à son frère*." Or il y avait chez nous sept frères. Le premier, qui était marié, mourut ; et comme il n'avait pas de descendance, il laissa sa femme à son frère ; de même le deuxième, le troisième, et ainsi jusqu'au septième. Finalement, après eux tous, la femme mourut. Eh bien ! À la résurrection, duquel des sept sera-t-elle la femme, puisque tous l'ont eue pour femme ? » Jésus leur répondit : « Vous êtes dans l'erreur, parce que vous ne connaissez ni les Écritures ni la puissance de Dieu. À la résurrection, en effet, on ne prend ni femme ni mari ; mais on est comme des anges dans le ciel. Et pour ce qui est de la résurrection des morts, n'avez-vous pas lu la parole que Dieu vous a dite : *"Je suis le Dieu d'Abraham, le Dieu d'Isaac et le Dieu de Jacob"* ? Il n'est pas le Dieu des morts, mais des vivants. » En entendant cela, les foules étaient frappées de son enseignement.

### 8. Le plus grand commandement
(Matthieu 22, 34-40)

Apprenant qu'il avait fermé la bouche aux Sadducéens, les Pharisiens se réunirent. Et l'un d'eux, un légiste, lui demanda pour lui tendre un piège : « Maître, quel est le grand commandement dans la Loi ? » Jésus lui déclara : « *Tu aimeras le Seigneur ton Dieu de tout ton cœur, de toute ton âme et de toute ta pensée*. C'est là le grand, le premier commandement. Un second est aussi important : *Tu aimeras ton prochain comme toi-même*. De ces deux commandements dépendent toute la Loi et les Prophètes. »

## Annonces de la fin du monde

### 1. L'obole de la veuve pauvre
(Luc 21, 1-4)

Levant les yeux, Jésus vit ceux qui mettaient leurs offrandes dans le tronc. C'étaient des riches. Il vit aussi une veuve misérable qui mettait deux petites pièces, et il dit : « Vraiment, je vous le déclare, cette veuve pauvre a mis plus que tous les autres. Car tous ceux-là ont pris sur leur superflu pour mettre dans les offrandes ; mais elle, elle a pris sur sa misère pour mettre tout ce qu'elle avait pour vivre. »

### 2. Annonce de la destruction du Temple
(Matthieu 24, 1-3)

Jésus était sorti du Temple et s'en allait. Ses disciples s'avancèrent pour lui faire remarquer les constructions du Temple. Prenant la parole, il leur dit : « Vous voyez tout cela, n'est-ce pas ? En vérité, je vous le déclare, il ne restera pas ici pierre sur pierre : tout sera détruit. » Comme il était assis, au mont des Oliviers, les disciples s'avancèrent vers lui, à l'écart, et lui dirent : « Dis-nous quand cela arrivera, et quel sera le signe de ton avènement et de la fin du monde ? »

### 3. Le commencement des douleurs
(Matthieu 24, 4-14)

Jésus leur répondit : « Prenez garde que personne ne vous égare. Car beaucoup viendront en prenant mon nom ; ils diront : "C'est moi, le Messie", et ils égareront bien des gens. Vous allez entendre parler de guerre et de rumeurs de guerre. Attention ! Ne vous alarmez pas : *il faut que cela arrive*, mais ce n'est pas encore la fin. Car on se dressera nation contre nation et royaume contre royaume ; il y aura en divers endroits des famines et des tremblements de terre. Et tout cela sera le commencement des douleurs de l'enfantement. Alors on vous livrera à la détresse, on vous tuera, vous serez haïs de tous les païens à cause de mon nom ; et alors un grand nombre succomberont ; ils se livreront les uns les autres, ils se haïront entre eux. Des faux prophètes surgiront en foule et égareront beaucoup d'hommes. Par suite de l'iniquité croissante, l'amour du grand nombre se refroidira ; mais celui qui tiendra jusqu'à la fin, celui-là sera sauvé. Cette Bonne Nouvelle du Royaume sera proclamée dans le monde entier ; tous les païens auront là un témoignage. Et alors viendra la fin. »

### 4. La parabole des dix vierges
(Matthieu 25, 1-13)

« Alors il en sera du Royaume des cieux comme de dix jeunes filles qui prirent leurs lampes et sortirent à la rencontre de l'époux. Cinq d'entre elles étaient insensées et cinq étaient avisées. En prenant leurs lampes, les filles insensées n'avaient pas emporté d'huile ; les filles avisées, elles, avaient pris, avec leurs lampes, de l'huile dans des fioles. Comme l'époux tardait, elles s'assoupirent toutes et s'endormirent. Au milieu de la nuit, un cri retentit : "Voici l'époux ! Sortez à sa rencontre." Alors toutes ces jeunes filles se réveillèrent et apprêtèrent leurs lampes. Les insensées dirent aux avisées : "Donnez-nous de votre huile, car nos lampes s'éteignent." Les avisées répondirent : "Certes pas, il n'y en aurait pas assez pour nous et pour vous ! Allez plutôt chez les marchands et achetez-en pour vous." Pendant qu'elles allaient en acheter, l'époux arriva ; celles qui étaient prêtes entrèrent avec lui dans la salle des noces, et l'on ferma la porte. Finalement, arrivent à leur tour les autres jeunes filles, qui disent : "Seigneur, Seigneur, ouvre-nous !" Mais il répondit : "En vérité, je vous le déclare, je ne vous connais pas." Veillez donc, car vous ne savez ni le jour ni l'heure. »

## 5. La parabole des talents
(Matthieu 25, 14-30)

« En effet il en va comme d'un homme qui, partant en voyage, appela ses serviteurs et leur confia ses biens. À l'un il remit cinq talents, à un autre deux, à un autre un seul, à chacun selon ses capacités ; puis il partit. Aussitôt celui qui avait reçu les cinq talents s'en alla les faire valoir et en gagna cinq autres. De même celui des deux talents en gagna deux autres. Mais celui qui n'en avait reçu qu'un s'en alla creuser un trou dans la terre et y cacha l'argent de son maître. Longtemps après, arrive le maître de ces serviteurs, et il règle ses comptes avec eux. Celui qui avait reçu les cinq talents s'avança et en présenta cinq autres, en disant : "Maître, tu m'avais confié cinq talents ; voici cinq autres talents que j'ai gagnés." Son maître lui dit : "C'est bien, bon et fidèle serviteur, tu as été fidèle en peu de choses, sur beaucoup je t'établirai ; viens te réjouir avec ton maître." Celui des deux talents s'avança à son tour et dit : "Maître, tu m'avais confié deux talents ; voici deux autres talents que j'ai gagnés." Son maître lui dit : "C'est bien, bon et fidèle serviteur, tu as été fidèle en peu de choses, sur beaucoup je t'établirai ; viens te réjouir avec ton maître." S'avançant à son tour, celui qui avait reçu un seul talent dit : "Maître, je savais que tu es un homme dur : tu moissonnes où tu n'as pas semé, tu ramasses où tu n'as pas répandu ; par peur, je suis allé cacher ton talent dans la terre : le voici, tu as ton bien." Mais son maître lui répondit : "Mauvais serviteur, timoré ! Tu savais que je moissonne où je n'ai pas semé et que je ramasse où je n'ai rien répandu. Il te fallait donc placer mon argent chez les banquiers : à mon retour, j'aurais recouvré mon bien avec un intérêt. Retirez-lui donc son talent et donnez-le à celui qui a les dix talents. Car à tout homme qui a, l'on donnera et il sera dans la surabondance ; mais à celui qui n'a pas, même ce qu'il a lui sera retiré. Quant à ce serviteur bon à rien, jetez-le dans les ténèbres du dehors : là seront les pleurs et les grincements de dents."

## 6. Le Jugement dernier
(Matthieu 25, 31-46)

« Quand le Fils de l'homme viendra dans sa gloire, accompagné de tous les anges, alors il siégera sur son trône de gloire. Devant lui seront rassemblées toutes les nations, et il séparera les hommes les uns des autres, comme le berger sépare les brebis des chèvres. Il placera les brebis à sa droite et les chèvres à sa gauche. Alors le roi dira à ceux qui seront à sa droite : "Venez, les bénis de mon Père, recevez en partage le Royaume qui a été préparé pour vous depuis la fondation du monde. Car j'ai eu faim et vous m'avez donné à manger ; j'ai eu soif et vous m'avez donné à boire ; j'étais un étranger et vous m'avez recueilli ; nu, et vous m'avez vêtu ; malade, et vous m'avez visité ; en prison, et vous êtes venus à moi." Alors les justes lui répondront : "Seigneur, quand nous est-il arrivé de te voir affamé et de te nourrir, assoiffé et de te donner à boire ? Quand nous est-il arrivé de te voir étranger et de te recueillir, nu et de te vêtir ? Quand nous est-il arrivé de te voir malade ou en prison, et de venir à toi ?" Et le roi leur répondra : "En vérité, je vous le déclare, chaque fois que vous l'avez fait à l'un de ces plus petits, qui sont mes frères, c'est à moi que vous l'avez fait !" Alors il dira à ceux qui seront à sa gauche : "Allez-vous-en loin de moi, maudits, au feu éternel qui a été préparé pour le diable et pour ses anges. Car j'ai eu faim, et vous ne m'avez pas donné à manger ; j'ai eu soif et vous ne m'avez pas donné à boire ; j'étais un étranger et vous ne m'avez pas recueilli ; nu, et vous ne m'avez pas vêtu ; malade et en prison, et vous ne m'avez pas visité." Alors eux aussi répondront : "Seigneur, quand nous est-il arrivé de te voir affamé ou assoiffé, étranger ou nu, malade ou en prison, sans venir t'assister ?" Alors il leur répondra : "En vérité, je vous le déclare, chaque fois que vous ne l'avez pas fait à l'un de ces plus petits, à moi non plus vous ne l'avez pas fait." Et ils s'en iront, ceux-ci au châtiment éternel, et les justes à la vie éternelle. »

## 1. Le complot contre Jésus
(Matthieu 26, 1-5)

Or, quand Jésus eut achevé toutes ces instructions, il dit à ses disciples : « Vous le savez, dans deux jours, c'est la Pâque : le Fils de l'homme va être livré pour être crucifié. » Alors les grands prêtres et les anciens du peuple se réunirent dans le palais du Grand Prêtre, qui s'appelait Caïphe. Ils tombèrent d'accord pour arrêter Jésus par ruse et le tuer. Toutefois ils disaient : « Pas en pleine fête, pour éviter des troubles dans le peuple. »

## 2. La trahison de Judas
(Matthieu 26, 14-16)

Alors l'un des Douze, qui s'appelait Judas Iscariote, se rendit chez les grands prêtres et leur dit : « Que voulez-vous me donner, et je vous le livrerai ? » *Ceux-ci* lui *fixèrent trente pièces d'argent*. Dès lors il cherchait une occasion favorable pour le livrer.

## 3. Les préparatifs du repas pascal
(Matthieu 26, 17-19)

Le premier jour des pains sans levain, les disciples vinrent dire à Jésus : « Où veux-tu que nous te préparions le repas de la Pâque ? » Il dit : « Allez à la ville chez un tel et dites-lui : "Le Maître dit : mon temps est proche, c'est chez toi que je célèbre la Pâque avec mes disciples." » Les disciples firent comme Jésus le leur avait prescrit et préparèrent la Pâque.

## 4. Le lavement des pieds
(Jean 13, 1-20)

Avant la fête de la Pâque, Jésus sachant que son heure était venue, l'heure de passer de ce monde au Père, lui, qui avait aimé les siens qui sont dans le monde, les aima jusqu'à l'extrême. Au cours d'un repas, alors que déjà le diable avait jeté au cœur de Judas Iscariote, fils de Simon, la pensée de le livrer, sachant que le Père a remis toutes choses entre ses mains, qu'il est sorti de Dieu et qu'il va vers Dieu, Jésus se lève de table, dépose son vêtement et prend un linge dont il se ceint. Il verse ensuite de l'eau dans un bassin et commence à laver les pieds des disciples et à les essuyer avec le linge dont il était ceint.

Il arrive ainsi à Simon-Pierre qui lui dit : « Toi, Seigneur, me laver les pieds ! » Jésus lui répond : « Ce que je fais, tu ne peux le savoir à présent, mais par la suite tu comprendras. » Pierre lui dit : « Me laver les pieds à moi ! Jamais ! » Jésus lui répondit : « Si je ne te lave pas, tu ne peux pas avoir part avec moi. » Simon-Pierre lui dit : « Alors, Seigneur, non pas seulement les pieds, mais aussi les mains et la tête ! » Jésus lui dit : « Celui qui s'est baigné n'a nul besoin d'être lavé, car il est entièrement pur : et vous, vous êtes purs, mais non pas tous. » Il savait en effet qui allait le livrer ; et c'est pourquoi il dit : « Vous n'êtes pas tous purs. »

Lorsqu'il eut achevé de leur laver les pieds, Jésus prit son vêtement, se remit à table et leur dit : « Comprenez-vous ce que j'ai fait pour vous ? Vous m'appelez "le Maître et le Seigneur" et vous dites bien, car je le suis. Dès lors, si je vous ai lavé les pieds, moi, le Seigneur et le Maître, vous devez vous aussi vous laver les pieds les uns aux autres ; car c'est un exemple que je vous ai donné : ce que j'ai fait pour vous, faites-le vous aussi. En vérité, en vérité, je vous le dis, un serviteur n'est pas plus grand que son maître ni un envoyé plus grand que celui qui l'envoie. Sachant cela, vous serez heureux si du moins vous le mettez en pratique. Je ne parle pas pour vous tous ; je connais ceux que j'ai choisis. Mais qu'ainsi s'accomplisse l'Écriture : "*celui qui mangeait le pain avec moi, contre moi a levé le talon*." Je vous le dis à présent, avant que l'événement n'arrive, afin que, lorsqu'il arrivera, vous croyiez que Je Suis. En vérité, en vérité, je vous le dis, recevoir celui que j'enverrai, c'est me recevoir moi-même, et me recevoir c'est aussi recevoir Celui qui m'a envoyé. »

### 5. Jésus révèle la trahison de Judas
(Jean 13, 21-30)

Ayant ainsi parlé, Jésus fut troublé intérieurement et il déclara solennellement : « En vérité, en vérité, je vous le dis, l'un d'entre vous va me livrer. » Les disciples se regardaient les uns les autres, se demandant de qui il parlait. Un des disciples, celui-là même que Jésus aimait, se trouvait à côté de lui. Simon-Pierre lui fit signe : « Demande de qui il parle. »

Se penchant alors vers la poitrine de Jésus, le disciple lui dit : « Seigneur, qui est-ce ? » Jésus répondit : « C'est celui à qui je donnerai la bouchée que je vais tremper. » Sur ce, Jésus prit la bouchée qu'il avait trempée et il la donna à Judas Iscariote, fils de Simon. C'est à ce moment, alors qu'il lui avait offert cette bouchée, que Satan entra en Judas. Jésus lui dit alors : « Ce que tu as à faire, fais-le vite. » Aucun de ceux qui se trouvaient là ne comprit pourquoi il avait dit cela. Comme Judas tenait la bourse, quelques-uns pensèrent que Jésus lui avait dit d'acheter ce qui était nécessaire pour la fête, ou encore de donner quelque chose aux pauvres. Quant à Judas, ayant pris la bouchée, il sortit immédiatement : il faisait nuit.

## 6. L'institution de l'eucharistie
(Luc 22, 14-20)

Et quand ce fut l'heure, il se mit à table et les apôtres avec lui. Et il leur dit : « J'ai tellement désiré manger cette Pâque avec vous avant de souffrir. Car, je vous déclare, jamais plus je ne la mangerai jusqu'à ce qu'elle soit accomplie dans le Royaume de Dieu. » Il reçut alors une coupe et, après avoir rendu grâce, il dit : « Prenez-la et partagez entre vous. Car, je vous le déclare : je ne boirai plus désormais du fruit de la vigne jusqu'à ce que vienne le Règne de Dieu. »

Puis il prit du pain et, après avoir rendu grâce, il le rompit et le leur donna en disant : « Ceci est mon corps donné pour vous. Faites cela en mémoire de moi. » Et pour la coupe, il fit de même après le repas, en disant : « Cette coupe est la nouvelle Alliance en mon sang versé pour vous. »

## 7. Avertissement et promesse aux apôtres
(Luc 22, 24-30)

Ils en arrivèrent à se quereller sur celui d'entre eux qui leur semblait le plus grand. Il leur dit : « Les rois des nations agissent avec elles en seigneurs, et ceux qui dominent sur elles se font appeler bienfaiteurs. Pour vous, rien de tel. Mais que le plus grand parmi vous prenne la place du plus jeune, et celui qui commande la place de celui qui sert. Lequel est en effet le plus grand, celui qui est à table ou celui qui sert ? N'est-ce pas celui qui est à table ? Or, moi, je suis au milieu de vous à la place de celui qui sert.

« Vous êtes, vous, ceux qui avez tenu bon avec moi dans mes épreuves. Et moi, je dispose pour vous du Royaume comme mon Père en a disposé pour moi : ainsi vous mangerez et boirez à ma table dans mon royaume, et vous siégerez sur des trônes pour juger les douze tribus d'Israël. »

### 8. Annonce du reniement de Pierre
(Luc 22, 31-34)

Le Seigneur dit : « Simon, Simon, Satan vous a réclamés pour vous secouer dans un crible comme on fait pour le blé. Mais moi, j'ai prié pour toi, afin que ta foi ne disparaisse pas. Et toi, quand tu seras revenu, affermis tes frères. »

Pierre lui dit : « Seigneur, avec toi je suis prêt à aller même en prison, même à la mort. » Jésus dit : « Je te le déclare, Pierre, le coq ne chantera pas aujourd'hui, que tu n'aies par trois fois nié me connaître. »

### 9. Imminence de l'épreuve
(Luc 22, 35-38)

Et il leur dit : « Lorsque je vous ai envoyés sans bourse, ni sac, ni sandales, avez-vous manqué de quelque chose ? » Ils répondirent : « De rien. » Il leur dit : « Maintenant, par contre, celui qui a une bourse, qu'il la prenne ; de même celui qui a un sac ; et celui qui n'a pas d'épée, qu'il vende son manteau pour en acheter une. Car, je vous le déclare, il faut que s'accomplisse en moi ce texte de l'Écriture : *“on l'a compté parmi les criminels.”* Et, de fait, ce qui me concerne va être accompli. » – « Seigneur, dirent-ils, voici deux épées. » Il leur répondit : « C'est assez. »

## De la prière à Gethsémani à la mise au tombeau

### 1. La prière au mont des Oliviers
(Luc 22, 39-46)

Il sortit et se rendit comme d'habitude au mont des Oliviers et les disciples le suivirent. Arrivé sur place, il leur dit : « Priez pour ne pas tomber au pouvoir de la tentation. » Et lui s'éloigna d'eux à peu près à la distance d'un jet de pierre ; s'étant mis à genoux, il priait, disant : « Père, si tu veux écarter de moi cette coupe... Pourtant, que ce ne soit pas ma volonté mais la tienne qui se réalise ! » Alors lui apparut du ciel un ange qui le fortifiait. Pris d'angoisse, il priait plus instamment, et sa sueur devint comme des caillots de sang qui tombaient à terre. Quand, après cette prière, il se releva et vint vers les disciples, il les trouva endormis de tristesse. Il leur dit : « Quoi ! Vous dormez ! Levez-vous et priez afin de ne pas tomber au pouvoir de la tentation ! »

### 2. L'arrestation de Jésus
(Luc 22, 47-53)

Il parlait encore quand survint une troupe. Celui qu'on appelait Judas, un des Douze, marchait à sa tête ; il s'approcha de Jésus pour lui donner un baiser. Jésus lui dit : « Judas, c'est par un baiser que tu livres le Fils de l'homme ! » Voyant ce qui allait se passer, ceux qui entouraient Jésus lui dirent : « Seigneur, frapperons-nous de l'épée ? » Et l'un d'eux frappa le serviteur du grand prêtre et lui emporta l'oreille droite. Mais Jésus prit la parole : « Laissez faire, même ceci », dit-il et, lui touchant l'oreille, il le guérit.

Jésus dit alors à ceux qui s'étaient portés contre lui, grands prêtres, chefs des gardes du Temple et anciens : « Comme pour un bandit, vous êtes partis avec des épées et des bâtons ! Quand j'étais avec vous chaque jour dans le Temple, vous n'avez pas mis la main sur moi ; mais c'est maintenant votre heure, c'est le pouvoir des ténèbres. »

### 3. Jésus devant le sanhédrin
(Matthieu 26, 57-68)

Ceux qui avaient arrêté Jésus l'emmenèrent chez Caïphe, le Grand Prêtre, chez qui s'étaient réunis les scribes et les anciens. Quant à Pierre, il le suivait de loin jusqu'au palais du Grand Prêtre ; il y entra et s'assit avec les serviteurs pour voir comment cela finirait. Or les grands prêtres et tout le sanhédrin cherchaient un faux témoignage contre Jésus pour le faire condamner à mort ; ils n'en trouvèrent pas, bien que beaucoup de faux témoins se fussent présentés. Finalement il s'en présenta deux qui déclarèrent : « Cet homme a dit : "Je peux détruire le Sanctuaire de Dieu et le rebâtir en trois jours." » Le Grand Prêtre se leva et lui dit : « Tu n'as rien à répondre ? De quoi ces gens témoignent-ils contre toi ? » Mais

Jésus gardait le silence. Le Grand Prêtre lui dit : « Je t'adjure par le Dieu vivant de nous dire si tu es, toi, le Messie, le Fils de Dieu. » Jésus lui répond : « Tu le dis. Seulement, je vous le déclare, désormais vous verrez *le Fils de l'homme siégeant à la droite du Tout-Puissant et venant sur les nuées du ciel.* » Alors le Grand Prêtre déchira ses vêtements et dit : « Il a blasphémé. Qu'avons-nous encore besoin de témoins ! Vous venez d'entendre le blasphème. Quel est votre avis ? » Ils répondirent : « Il mérite la mort. » Alors ils lui crachèrent au visage et lui donnèrent des coups ; d'autres le giflèrent. « Pour nous, dirent-ils, fais le prophète, Messie : qui est-ce qui t'a frappé ? »

### 4. Le reniement de Pierre
(Matthieu 26, 69-75)

Or Pierre était assis dehors dans la cour. Une servante s'approcha de lui en disant : « Toi aussi, tu étais avec Jésus le Galiléen ! » Mais il nia devant tout le monde, en disant : « Je ne sais pas ce que tu veux dire. » Comme il s'en allait vers le portail, une autre le vit et dit à ceux qui étaient là : « Celui-ci était avec Jésus le Nazôréen. » De nouveau, il nia avec serment : « Je ne connais pas cet homme ! » Peu après, ceux qui étaient là s'approchèrent et dirent à Pierre : « À coup sûr, toi aussi tu es des leurs ! Et puis, ton accent te trahit. » Alors il se mit à jurer avec des imprécations : « Je ne connais pas cet homme ! » Et aussitôt un coq chanta. Et Pierre se rappela la parole que Jésus avait dite : « Avant que le coq chante, tu m'auras renié trois fois. » Il sortit et pleura amèrement.

### 5. Jésus conduit devant Pilate
(Matthieu 27, 1-2)

Le matin venu, tous les grands prêtres et les anciens du peuple tinrent conseil contre Jésus pour le faire condamner à mort. Puis ils le lièrent, ils l'emmenèrent et le livrèrent au gouverneur Pilate.

### 6. La mort de Judas
(Matthieu 27, 3-10)

Alors Judas, qui l'avait livré, voyant que Jésus avait été condamné, fut pris de remords et rapporta les trente pièces d'argent aux grands prêtres et aux anciens, en disant : « J'ai péché en livrant un sang innocent. » Mais ils dirent : « Que nous importe ! C'est ton affaire ! » Alors il se retira, en jetant l'argent du côté du sanctuaire, et alla se pendre. Les grands prêtres prirent l'argent et dirent : « Il n'est pas permis de le verser au trésor, puisque c'est le prix du sang. » Après avoir tenu conseil, ils achetèrent avec cette somme le champ du potier pour la sépulture des étrangers. Voilà pourquoi jusqu'à maintenant ce champ est appelé : « Champ du sang ». Alors s'accomplit ce qui avait été dit par le prophète Jérémie : « *Et ils prirent les trente pièces d'argent : c'est le prix de celui qui fut évalué, de celui qu'ont évalué les fils d'Israël. Et ils les donnèrent pour le champ du potier, ainsi que le Seigneur me l'avait ordonné.* »

## 7. Jésus devant Pilate
(Matthieu 27, 11-26)

Jésus comparut devant le gouverneur. Le gouverneur l'interrogea : « Es-tu le roi des Juifs ? » Jésus déclara : « C'est toi qui le dis » ; mais aux accusations que les grands prêtres et les anciens portaient contre lui, il ne répondit rien. Alors Pilate lui dit : « Tu n'entends pas tous ces témoignages contre toi ? » Il ne lui répondit sur aucun point, de sorte que le gouverneur était fort étonné. À chaque fête, le gouverneur avait coutume de relâcher à la foule un prisonnier, celui qu'elle voulait. On avait alors un prisonnier fameux, qui s'appelait Jésus Barabbas. Pilate demanda donc à la foule rassemblée : « Qui voulez-vous que je vous relâche, Jésus Barabbas ou Jésus qu'on appelle Messie ? » Car il savait qu'ils l'avaient livré par jalousie. Pendant qu'il siégeait sur l'estrade, sa femme lui fit dire : « Ne te mêle pas de l'affaire de ce juste ! Car aujourd'hui j'ai été tourmentée en rêve à cause de lui. » Les grands prêtres et les anciens persuadèrent les foules de demander Barabbas et de faire périr Jésus. Reprenant la parole, le gouverneur leur demanda : « Lequel des deux voulez-vous que je vous relâche ? » Ils répondirent : « Barabbas ». Pilate leur demande : « Que ferai-je donc de Jésus, qu'on appelle Messie ? » Ils répondirent tous : « Qu'il soit crucifié ! » Il reprit : « Quel mal a-t-il donc fait ? » Mais eux criaient de plus en plus fort : « Qu'il soit crucifié ! » Voyant que cela ne servait à rien, mais que la situation tournait à la révolte, Pilate prit de l'eau et se lava les mains en présence de la foule, en disant : « Je suis innocent de ce sang. C'est votre affaire ! » Tout le peuple répondit : « Nous prenons son sang sur nous et sur nos enfants ! » Alors il leur relâcha Barabbas. Quant à Jésus, après l'avoir fait flageller, il le livra pour qu'il soit crucifié.

## 8. Le couronnement d'épines
(Matthieu 27, 27-31)

Alors les soldats du gouverneur, emmenant Jésus dans le prétoire, rassemblèrent autour de lui toute la cohorte. Ils le dévêtirent et lui mirent un manteau écarlate ; avec des épines, ils tressèrent une couronne qu'ils lui mirent sur la tête, ainsi qu'un roseau dans la main droite ; s'agenouillant devant lui, ils se moquèrent de lui en disant : « Salut, roi des Juifs ! » Ils crachèrent sur lui, et, prenant le roseau, ils le frappaient à la tête. Après s'être moqués de lui ils lui enlevèrent le manteau et lui remirent ses vêtements. Puis ils l'emmenèrent pour le crucifier.

## 9. La crucifixion
(Matthieu 27, 32-44)

Comme ils sortaient, ils trouvèrent un homme de Cyrène, nommé Simon ; ils le requirent pour porter la croix de Jésus. Arrivés au lieu-dit Golgotha ce qui veut dire lieu du Crâne, *ils lui donnèrent à boire* du vin mêlé *de fiel*. L'ayant goûté, il ne voulut pas boire. Quand ils l'eurent crucifié, *ils partagèrent ses vêtements en tirant au sort*. Et ils étaient là, assis, à le garder. Au-dessus de sa tête, ils avaient placé le motif de sa condamnation, ainsi libellé : « Celui-ci est Jésus, le roi des Juifs. » Deux bandits sont alors crucifiés avec lui, l'un à droite, l'autre à gauche. Les passants l'insultaient, *hochant la tête* et disant : « Toi qui détruis le Sanctuaire et le rebâtis en trois jours, sauve-toi toi-même, si tu es le Fils de Dieu, et descends de la croix ! » De même, avec les scribes et les anciens, les grands prêtres se moquaient : « Il en a sauvé d'autres et il ne peut pas se sauver lui-même ! Il est Roi d'Israël, qu'il descende maintenant de la croix, et nous croirons en lui ! *Il a mis en Dieu sa confiance, que Dieu le délivre maintenant, s'il l'aime*, car il a dit : "Je suis Fils de Dieu !" » Même les bandits crucifiés avec lui l'injuriaient de la même manière.

## 10. La mort de Jésus
(Jean 19, 19-30)

Pilate avait rédigé un écriteau qu'il fit placer sur la croix : il portait cette inscription : « Jésus le Nazôréen, le roi des Juifs. » Cet écriteau, bien des Juifs le lurent, car l'endroit où Jésus avait été crucifié était proche de la ville et le texte était écrit en hébreu, en latin et en grec. Les grands prêtres des Juifs dirent à Pilate : « N'écris pas "le roi des Juifs", mais bien "cet individu a prétendu qu'il était le roi des Juifs". » Pilate répondit : « Ce que j'ai écrit, je l'ai écrit. »

Lorsque les soldats eurent achevé de crucifier Jésus, ils prirent ses vêtements et en firent quatre parts, une pour chacun. Restait la tunique : elle était sans couture, tissée d'une seule pièce depuis le haut. Les soldats se dirent entre eux : « Ne la déchirons pas, tirons plutôt au sort à qui elle ira », en sorte que soit accomplie l'Écriture : « *Ils se sont partagé mes vêtements, et ma tunique, ils l'ont tirée au sort.* » Voilà donc ce que firent les soldats.

Près de la croix de Jésus se tenaient debout sa mère, la sœur de sa mère, Marie, femme de Clopas et Marie de Magdala. Voyant ainsi sa mère et près d'elle le disciple qu'il aimait, Jésus dit à sa mère : « Femme, voici ton fils. » Il dit ensuite au disciple : « Voici ta mère. » Et depuis cette heure-là, le disciple la prit chez lui.

Après quoi, sachant que dès lors tout était achevé, pour que l'Écriture soit accomplie jusqu'au bout, Jésus dit : « J'ai soif » ; il y avait là une cruche remplie de vinaigre, on fixa une éponge imbibée de ce vinaigre au bout d'une branche d'hysope et on l'approcha de sa bouche. Dès qu'il eut pris le vinaigre, Jésus dit : « Tout est achevé » ; et, inclinant la tête, il remit l'esprit.

## 11. Le coup de lance. Le sang et l'eau
(Jean 19, 31-37)

Cependant, comme c'était le jour de la Préparation, les Juifs, de crainte que les corps ne restent en croix durant le sabbat – ce sabbat était un jour particulièrement solennel –, demandèrent à Pilate de leur faire briser les jambes et de les faire enlever. Les soldats vinrent donc, ils brisèrent les jambes du premier, puis du second de ceux qui avaient été crucifiés avec lui. Arrivés à Jésus, ils constatèrent qu'il était déjà mort et ils ne lui brisèrent pas les jambes. Mais un des soldats, d'un coup de lance, le frappa au côté, et aussitôt il en sortit du sang et de l'eau. Celui qui a vu a rendu témoignage, et son témoignage est conforme à la vérité, et d'ailleurs celui-là sait qu'il dit ce qui est vrai afin que vous aussi vous croyiez. En effet, tout cela est arrivé pour que s'accomplisse l'Écriture : « *Pas un de ses os ne sera brisé* » ; il y a aussi un autre passage de l'Écriture qui dit : « *Ils verront celui qu'ils ont transpercé.* »

### 12. L'ensevelissement
(Jean 19, 38-42)

Après ces événements, Joseph d'Arimathée, qui était un disciple de Jésus mais s'en cachait par crainte des Juifs, demanda à Pilate l'autorisation d'enlever le corps de Jésus. Pilate acquiesça et Joseph vint enlever le corps. Nicodème vint aussi, lui qui naguère était allé trouver Jésus au cours de la nuit. Il apportait un mélange de myrrhe et d'aloès d'environ cent livres. Ils prirent donc le corps de Jésus et l'entourèrent de bandelettes, avec des aromates, suivant la manière d'ensevelir des Juifs. À l'endroit où Jésus avait été crucifié il y avait un jardin, et dans ce jardin un tombeau tout neuf où jamais personne n'avait été déposé. En raison de la Préparation des Juifs, et comme ce tombeau était proche, c'est là qu'ils déposèrent Jésus.

### 13. La garde du tombeau
(Matthieu 27, 62-66)

Le lendemain, jour qui suit la Préparation, les grands prêtres et les Pharisiens se rendirent ensemble chez Pilate. « Seigneur, lui dirent-ils, nous nous sommes souvenus que cet imposteur a dit de son vivant : "Après trois jours, je ressusciterai." Donne donc l'ordre que l'on s'assure du sépulcre jusqu'au troisième jour, de peur que ses disciples ne viennent le dérober et ne disent au peuple : "Il est ressuscité des morts." Et cette dernière imposture serait pire que la première. » Pilate leur déclara : « Vous avez une garde. Allez ! Assurez-vous du sépulcre, comme vous l'entendez. » Ils allèrent donc s'assurer du sépulcre en scellant la pierre et en y postant une garde.

# IV. LA RÉSURRECTION

## 1. Le tombeau vide
(Jean 20, 1-10)

Le premier jour de la semaine, à l'aube, alors qu'il faisait encore sombre, Marie de Magdala se rend au tombeau et voit que la pierre a été enlevée du tombeau. Elle court, rejoint Simon-Pierre et l'autre disciple, celui que Jésus aimait, et elle leur dit : « On a enlevé du tombeau le Seigneur, et nous ne savons pas où on l'a mis. » Alors Pierre sortit, ainsi que l'autre disciple, et ils allèrent au tombeau. Ils couraient tous les deux ensemble, mais l'autre disciple courut plus vite que Pierre et arriva le premier au tombeau. Il se penche et voit les bandelettes qui étaient posées là. Toutefois il n'entra pas. Arrive, à son tour, Simon-Pierre qui le suivait ; il entre dans le tombeau et considère les bandelettes posées là et le linge qui avait recouvert la tête ; celui-ci n'avait pas été déposé avec les bandelettes, mais il était roulé à part, dans un autre endroit. C'est alors que l'autre disciple, celui qui était arrivé le premier, entra à son tour dans le tombeau ; il vit et il crut. En effet, ils n'avaient pas encore compris l'Écriture selon laquelle Jésus devait se relever d'entre les morts. Après quoi, les disciples s'en retournèrent chez eux.

## 2. L'apparition à Marie de Magdala
(Jean 20, 11-18)

Marie était restée dehors, près du tombeau, et elle pleurait. Tout en pleurant elle se penche vers le tombeau et elle voit deux anges vêtus de blanc, assis à l'endroit même où le corps de Jésus avait été déposé, l'un à la tête et l'autre aux pieds.

« Femme, lui dirent-ils, pourquoi pleures-tu ? » Elle leur répondit : « On a enlevé mon Seigneur, et je ne sais où on l'a mis. » Tout en parlant elle se retourne et elle voit Jésus qui se tenait là, mais elle ne savait pas que c'était lui. Jésus lui dit : « Femme, pourquoi pleures-tu ? qui cherches-tu ? » Mais elle, croyant qu'elle avait affaire au gardien du jardin, lui dit : « Seigneur, si c'est toi qui l'as enlevé, dis-moi où tu l'as mis et j'irai le prendre. » Jésus lui dit : « Marie. » Elle se retourna et lui dit en hébreu : « Rabbouni », ce qui signifie maître. Jésus lui dit : « Ne me retiens pas ! car je ne suis pas encore monté vers mon Père. Pour toi, va trouver mes frères et dis-leur que je monte vers mon Père qui est votre Père, vers mon Dieu qui est votre Dieu. » Marie de Magdala vint donc annoncer aux disciples : « J'ai vu le Seigneur, et voilà ce qu'il m'a dit. »

### 3. L'apparition aux disciples d'Emmaüs
(Luc 24, 13-35)

Et voici que, ce même jour, deux d'entre eux se rendaient à un village du nom d'Emmaüs, à deux heures de marche de Jérusalem. Ils parlaient entre eux de tous ces événements. Or, comme ils parlaient et discutaient ensemble, Jésus lui-même les rejoignit et fit route avec eux ; mais leurs yeux étaient empêchés de le reconnaître.

Il leur dit : « Quels sont ces propos que vous échangez en marchant ? » Alors ils s'arrêtèrent, l'air sombre. L'un d'eux, nommé Cléopas, lui répondit : « Tu es bien le seul à séjourner à Jérusalem qui n'ait pas appris ce qui s'y est passé ces jours-ci ! — Quoi donc ? » leur dit-il. Ils lui répondirent : « Ce qui concerne Jésus de Nazareth, qui fut un prophète puissant en action et en parole devant Dieu et devant tout le peuple : Comment nos grands prêtres et nos chefs l'ont livré pour être condamné à mort et l'ont crucifié ; et nous, nous espérions qu'il était celui qui allait délivrer Israël. Mais, en plus de tout cela, voici le troisième jour que ces faits se sont passés. Toutefois, quelques femmes qui sont des nôtres nous ont bouleversés : s'étant rendues de grand matin au tombeau et n'ayant pas trouvé son corps, elles sont venues dire qu'elles ont même eu la vision d'anges qui le déclarent vivant. Quelques-uns de nos compagnons sont allés au tombeau et ce qu'ils ont trouvé était conforme à ce que les femmes avaient dit ; mais lui, ils ne l'ont pas vu. »

Et lui leur dit : « Esprits sans intelligence, cœurs lents à croire tout ce qu'ont déclaré les prophètes ! Ne fallait-il pas que le Christ souffrît cela et qu'il entrât dans sa gloire ? » Et, commençant par Moïse et par tous les prophètes, il leur expliqua dans toutes les Écritures ce qui le concernait.

Ils approchèrent du village où ils se rendaient, et lui fit mine d'aller plus loin. Ils le pressèrent en disant : « Reste avec nous car le soir vient et la journée déjà est avancée. » Et il entra pour rester avec eux. Or, quand il se fut mis à table avec eux, il prit le pain, prononça la bénédiction, le rompit et le leur donna. Alors leurs yeux furent ouverts et ils le reconnurent, puis il leur devint invisible. Et ils se dirent l'un à l'autre : « Notre cœur ne brûlait-il pas en nous tandis qu'il nous parlait en chemin et nous ouvrait les Écritures ? »

À l'instant même, ils partirent et retournèrent à Jérusalem ; ils trouvèrent réunis les Onze et leurs compagnons, qui leur dirent : « C'est bien vrai ! Le Seigneur est ressuscité, et il est apparu à Simon. »

Et eux racontèrent ce qui s'était passé sur la route et comment ils l'avaient reconnu à la fraction du pain.

### 4. L'apparition aux disciples
(Jean 20, 19-23)

Le soir de ce même jour qui était le premier de la semaine, alors que, par crainte des Juifs, les portes de la maison où se trouvaient les disciples étaient verrouillées, Jésus vint, il se tint au milieu d'eux et il leur dit : « La paix soit avec vous. » Tout en parlant, il leur montra ses mains et son côté. En voyant le Seigneur, les disciples furent tout à la joie. Alors, à nouveau, Jésus leur dit : « La paix soit avec vous. Comme le Père m'a envoyé, à mon tour je vous envoie. » Ayant ainsi parlé, il souffla sur eux et leur dit : « Recevez l'Esprit Saint ; ceux à qui vous remettrez les péchés, ils leur seront remis. Ceux à qui vous les retiendrez, ils leur seront retenus. »

### 5. L'incrédulité de Thomas
(Jean 20, 24-29)

Cependant Thomas, l'un des Douze, celui qu'on appelle Didyme, n'était pas avec eux lorsque Jésus vint. Les autres disciples lui dirent donc : « Nous avons vu le Seigneur ! » Mais il leur répondit : « Si je ne vois pas dans ses mains la marque des clous, si je n'enfonce pas mon doigt à la place des clous et si je n'enfonce pas ma main dans son côté, je ne croirai pas ! » Or huit jours plus tard, les disciples étaient à nouveau réunis dans la maison et Thomas était avec eux. Jésus vint, toutes portes verrouillées, il se tint au milieu d'eux et leur dit : « La paix soit avec vous. » Ensuite il dit à Thomas : « Avance ton doigt ici et regarde mes mains ; avance ta main et enfonce-la dans mon côté, cesse d'être incrédule et deviens un homme de foi. » Thomas lui répondit : « Mon Seigneur et mon Dieu. » Jésus lui dit : « Parce que tu m'as vu, tu as cru ; bienheureux ceux qui, sans avoir vu, ont cru. »

## 6. Le dessein de l'évangéliste
(Jean 20, 30-31)

Jésus a opéré sous les yeux de ses disciples bien d'autres signes qui ne sont pas rapportés dans ce livre. Ceux-ci l'ont été pour que vous croyiez que Jésus est le Christ, le Fils de Dieu, et pour que, en croyant, vous ayez la vie en son nom.

## 7. L'apparition au bord du lac de Tibériade
(Jean 21, 1-14)

Après cela, Jésus se manifesta de nouveau aux disciples sur les bords de la mer de Tibériade. Voici comment il se manifesta. Simon-Pierre, Thomas qu'on appelle Didyme, Nathanaël de Cana de Galilée, les fils de Zébédée et deux autres disciples se trouvaient ensemble. Simon-Pierre leur dit : « Je vais pêcher. » Ils lui dirent : « Nous allons avec toi. » Ils sortirent et montèrent dans la barque, mais cette nuit-là, ils ne prirent rien. C'était déjà le matin ; Jésus se tint là sur le rivage, mais les disciples ne savaient pas que c'était lui. Il leur dit : « Eh, les enfants, n'avez-vous pas un peu de poisson ? » « Non », lui répondirent-ils. Il leur dit : « Jetez le filet du côté droit de la barque et vous trouverez. » Ils le jetèrent et il y eut tant de poissons qu'ils ne pouvaient plus le ramener. Le disciple que Jésus aimait dit alors à Pierre : « C'est le Seigneur ! » Dès qu'il eut entendu que c'était le Seigneur Simon-Pierre ceignit un vêtement, car il était nu, et il se jeta à la mer. Les autres disciples revinrent avec la barque, en tirant le filet plein de poissons : ils n'étaient pas bien loin de la rive, à deux cents coudées environ. Une fois descendus à terre, ils virent un feu de braise sur lequel on avait disposé du poisson et du pain. Jésus leur dit : « Apportez donc ces poissons que vous venez de prendre. » Simon-Pierre remonta donc dans la barque et il tira à terre le filet que remplissaient cent cinquante-trois gros poissons, et quoiqu'il y en eût tant, le filet ne se déchira pas. Jésus leur dit : « Venez déjeuner. » Aucun des disciples n'osait lui poser la question : « Qui es-tu ? » : ils savaient bien que c'était le Seigneur. Alors Jésus vient ; il prend le pain et le leur donne ; il fit de même avec le poisson. Ce fut la troisième fois que Jésus se manifesta à ses disciples depuis qu'il s'était relevé d'entre les morts.

### 8. Pierre, berger universel
(Jean 21, 15-19)

Après le repas, Jésus dit à Simon-Pierre : « Simon, fils de Jean, m'aimes-tu plus que ceux-ci ? » Il répondit : « Oui, Seigneur, tu sais que je t'aime », et Jésus lui dit alors : « Pais mes agneaux. » Une seconde fois, Jésus lui dit : « Simon, fils de Jean, m'aimes-tu ? » Il répondit : « Oui, Seigneur, tu sais que je t'aime. » Jésus dit : « Sois le berger de mes brebis. » Une troisième fois, il dit : « Simon, fils de Jean, m'aimes-tu ? » Pierre fut attristé de ce que Jésus lui avait dit une troisième fois : « M'aimes-tu ? » et il reprit : « Seigneur, toi qui connais toutes choses, tu sais bien que je t'aime. » Et Jésus lui dit : « Pais mes brebis. En vérité, en vérité je te le dis, quand tu étais jeune, tu nouais ta ceinture et tu allais où tu voulais ; lorsque tu seras devenu vieux, tu étendras les mains et c'est un autre qui nouera ta ceinture, et qui te conduira là où tu ne voudrais pas. » Jésus parla ainsi pour indiquer de quelle mort Pierre devait glorifier Dieu ; et après cette parole, il lui dit : « Suis-moi. »

### 9. L'Ascension
(Marc 16, 14-20)

Ensuite, il se manifesta aux Onze, alors qu'ils étaient à table, et il leur reprocha leur incrédulité et la dureté de leur cœur, parce qu'ils n'avaient pas cru ceux qui l'avaient vu ressuscité. Et il leur dit : « Allez par le monde entier, proclamez l'Évangile à toutes les créatures. Celui qui croira et sera baptisé sera sauvé, celui qui ne croira pas sera condamné. Et voici les signes qui accompagneront ceux qui auront cru : en mon nom, ils chasseront les démons, ils parleront des langues nouvelles, ils prendront dans leurs mains des serpents, et s'ils boivent quelque poison mortel, cela ne leur fera aucun mal ; ils imposeront les mains à des malades, et ceux-ci seront guéris. » Donc le Seigneur Jésus, après leur avoir parlé, fut enlevé au ciel et s'assit à la droite de Dieu. Quant à eux, ils partirent prêcher partout : le Seigneur agissait avec eux et confirmait la Parole par les signes qui l'accompagnaient.

# TABLE DES MATIÈRES

Librio

686

Composition PCA – 44400 Rezé
Achevé d'imprimer en France (Ligugé) par Aubin
en février 2005 pour le compte de E.J.L.
84, rue de Grenelle, 75007 Paris
Dépôt légal février 2005

*Diffusion France et étranger : Flammarion*